팀플레이

트리플

팀 플레이

6

조우리 소설

TRIPLE

차례

언니의 일

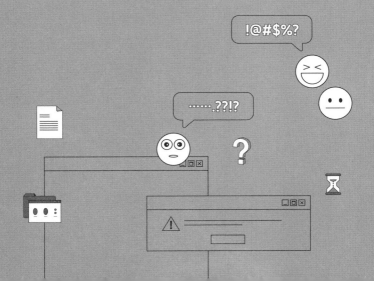

은희는 세 자매의 맏이였고, 그래서인지 어디서
든 동생들과 어울리는 것에 익숙했다. 중고교 시절에
는 쉬는 시간에 후배들이 찾아와 쪽지와 간식거리를 주
는 일이 심심치 않았고, 삼수 끝에 입학한 대학에서는
나이 어린 동기들의 전폭적인 지지 속에 매 학기 과대
표를 맡았다. 동생들이 따르는 만큼 은희도 언니로서의
역할에 최선을 다했다. 그래서 저장하지 않은 번호로
걸려온 전화가 대뜸 "언니" 하고 은희를 불렀을 때에도
망설임 없이 대꾸했던 것이다.

"응."

"내가 저번에 이야기했던 거 말이야, 혹시 어떻게 됐어?"

"저번에?"

그게 뭐였더라. 상대방의 목소리가 아주 낯설지는 않아서 은희는 미안해졌다. 자신이 뭔가를 잊고 있었다는 생각에.

사실 요즘 정신이 없었다. 급한 작업 의뢰가 연이어 들어와서 계속 철야를 하느라 다른 곳에는 미처 신경을 쓰지 못했다. 끼니를 챙기는 것도 버거웠고 청소는커녕 세수도 제대로 하지 못하는 나날이었다. 하루 종일 책상 앞에 앉아 있다가 더 이상 버틸 수 없어지면 그대로 침대에 쓰러졌다. 은희는 자신의 그런 점이 항상 부끄러웠다. 한 가지에 집중하면 나머지는 전부 버거워지는 것이. 자신의 역량이랄 것은 해내야 하는 일보다 늘 부족하게만 느껴졌다. 내가 또 뭘 잊고 있었던 거지?

"나 출국 날짜가 정해졌거든. 그 전에 알아봐줄 수 있는 거지?"

"출국?"

"영국 간다고 했잖아. 그쪽 회사에서 비자를 해

결해줬어."

　잘됐네. 누구인지 무슨 일인지 몰라도 어쨌든 무언가가 해결되었다는 건 잘된 일이지. 별생각 없이 고개를 끄덕이는데 목에 통증이 느껴졌다. 상대방은 "언니 나 지금 받아야 하는 전화가 들어와서 나중에 연락할게" 하고는 전화를 끊었다. 은희는 멍하니 휴대전화 화면을 들여다보았다. 생각이 날 듯 말 듯 했다.

　"휴대전화 보신다고 고개 들고 계시면 목이 긴장해요."

　적외선치료기의 남은 작동 시간을 확인하러 온 간호사가 은희의 목을 가볍게 주물렀다. 알코올 냄새가 나는 간호사의 손은 기분 좋게 서늘했다. 은희는 정형외과 물리치료실에 엎드려 적외선치료를 받는 중이었다. 며칠 전 마지막 작업물을 보내고 후련한 마음으로 기지개를 켜는데 목이 잘 돌아가지 않았다. 자고 일어나면 괜찮겠지, 뜨거운 물로 샤워를 하면 좀 낫겠지, 파스를 붙이면 좋아지겠지, 하는 사이에 통증이 점점 심해져서 결국엔 병원에 왔다. 뭉친 근육을 푸는 주사와 적외선치료를 처방받았다. 자세를 항상 바르게 하고 틈틈이 스트레칭을 하라는 의사의 말은 도무지 지키기가 어려웠다.

은희는 작업에 집중할 때면 몇 시간씩 한 자세로 앉아 있곤 했다. 조도가 높은 스탠드를 둔 책상에 종이를 펼치고 그림을 그렸다. 동글동글한 얼굴들을 잘 그리는 편이었다. 깜짝 놀라면서도 기쁜 표정, 고민을 하지만 심각하지는 않은 표정, 무언가를 알려주면서 건방져 보이지 않는 표정 같은 의뢰를 받아 얼굴들을 그렸다. 주로 광고에 쓰이는 그림이었다. 은희가 그린 얼굴들은 "이 가격 실화야?" "아직도 모르셨다고요?" "지금 바로 상담사에게 연락주세요!" 같은 말풍선과 함께 인터넷상을 떠돌아다녔다. 광고주의 미묘한 취향을 맞추는 것이 관건이었다. 눈썹의 기울어진 각도나 입술이 벌어진 모양이 조금씩 다른 얼굴을 수십 개 그렸다. '궁금 입 1' '궁금 입 1-1' '궁금 입 1-2' 그런 파일명들을 가지고 담당 AE와 통화를 하다 보면 사람의 얼굴에 눈, 코, 입이 있다는 것이 너무나 낯설게 느껴졌다.

그래도 요 며칠 철야를 하며 했던 작업은 꽤 재미있었다. 어린이용 중국어 학습교재에 들어가는 삽화를 그리는 일이었다. 예문 속 상황에 맞춰 다양한 삽화를 그렸다. 그려야 하는 양은 많고 작업 일정은 촉박했지만 이야기가 있는 장면을 그린다는 것이 은희를 즐겁게 했다. 전통 의상에 대해 대화를 나누는 장면에 들어가는 삽화는 특히 여러 자료를 참고하며 공을 들였다.

"아직 시간이 많이 남았어요. 긴장 푸시고 좀 주무세요."

간호사의 말을 들으며 은희는 까무룩 잠이 들었다.

잊고 있던 전화가 다시 걸려온 건 다음 날이었다. 저번과는 달리 조심스러운 목소리였다.

"정은희 언니 맞죠? 죄송해요."

성을 붙이지 않고 '은희 언니'로 저장해둔 이름이 여럿이라 착각을 했다고 했다. 은희는 어물어물 그럴 수도 있다고, 괜찮다고 대답했다. 상대가 은희를 알고 있는 사람이라는 건 확실해졌지만 그가 누구인지는 여전히 기억나지 않았다.

"그래도 이렇게 오랜만에 목소리 들으니 반갑네요. 잘 지내죠?"

"나야 뭐, 그렇지. 너는 어때?"

친근하게 물어오는 말들에 맞장구를 치던 은희

는 문득 존댓말을 해야 했던 건가 싶어져서 목소리가 점점 작아졌다. 이제 와서 누구냐고 묻기에는 너무 늦었다는 생각도 들었다. 상대가 하는 말 속에서 힌트를 찾아내려고 애를 썼다.

"저 다음 주에 출국해요. 영국 회사에 취직이 되어서요. 이렇게 연락이 닿은 것도 인연인데 시간 괜찮으면 한번 만나요. 세진 언니도 같이."

영국과 세진. 비로소 떠오르는 얼굴이 있었다. 두 번, 양다정. "고장 난 시계도 하루 두 번은 맞는다는데, 우리 다정이는 왜 하루 한 번을 제대로 맞는 일이 없을까. 두 번 맞는 건 기대도 안 하니까 한 번만이라도 잘하자, 좀." 토씨 하나 틀리지 않고 수십 번을 들었던 말이라 똑똑히 기억이 났다. 오 차장이 다정에게 한 소리를 할 때면 늘 읊어대던 그 말. 상대가 누구인지 기억해냈다는 것이 기뻐서 은희는 생각보다도 훨씬 밝은 목소리로 말했다.

"그래. 그러자, 다정아."

세진에게는 자신이 연락해보겠다고, 일정 정해서 알려주겠다고 말하고 전화를 끊고 나서야 은희는 다정이 예전에는 자신을 '언니'라고 부른 적이 없었다는 걸, 자신도 다정을 '다정 씨'라고 부르며 존대를 했다는 걸 깨달았다.

한세문화사의 오미연 차장은 은희가 겪었던 모든 상사를 통틀어 최악이라고 할 만한 사람이었다. 퇴사를 하고 10년이 지난 지금도 그 이름을 들으면 쭈뼛 소름이 돋을 정도였다. 특히 웃는 얼굴로 조곤조곤 다른 사람의 자존감을 깎아내리는 말을 잘했다. 그 말은 그저 자신의 위치를 과시하기 위한 것일 뿐인 데다가 주로 가장 약한 사람을 향했다. 팀의 막내인 다정이 오차장의 책상 앞에 불려가 두 손을 공손히 모으고 고개를 조아리는 동안, 사무실 안의 귀가 열린 모든 사람이 함께 고통스러워했다. 은희의 입사 동기는 꿈에서도 오차장의 목소리가 들려서 원형탈모가 생겼다며 사직서를 냈다.

은희의 세 번째 직장이자 프리랜서가 되기 전 마지막 직장이었던 한세문화사는 만화 전문 출판사였다. 90년대 말 전국에 도서대여점이 성업할 때 편집자가 여러 신인 작가들에게 분업을 시켜서 빠르게 작품을 뽑아내는 기획 만화로 큰 수익을 올렸지만 시대가 바뀌면서 예전의 명성은 사라진 지 오래였다. 잘나갈 때 판권을 구매해둔 일본 만화와 과거의 기획 만화 원고들을 웹툰으로 유통해서 상황을 타개해보려고 애쓰는 중이었다. 은희가 속한 기획 1팀은 오 차장의 지시하에 일본 만화를 번안하고 웹툰 형식으로 편집하는 일을 하고 있었다. 회사의 전성기 때 가장 많은 히트작을 만들었던 편집자가 오 차장이었다.

"어때요? 은희 작가는 이게 괜찮다고 생각해요?"

오 차장은 은희에게 말을 걸 때면 항상 입을 여는 것과 동시에 은희의 의자를 잡아끌었다. 칸막이도 없이 책상을 다닥다닥 붙여놓은 사무실에서 은희의 자리는 하필이면 오 차장이 손 뻗으면 닿을 바로 옆자리였다. 낡은 의자의 바퀴가 덜그럭거리며 은희를 수시로 오 차장 옆에 바싹 붙여놓았다. 그가 가리킨 모니터에 뜬 것은 오늘까지 결재를 받아야 할 만화의 한 페이지였다. 내리막길을 달리는 주인공의 옆으로 '타타탓 타타탓'이라는 발소리 효과음이 들어가 있었다. 원래 있던 가타카나를 지울 때 함께 지워진 주인공의 머리카락과 주변의 배경을 은희가 다시 그린 뒤 식자 담당인 다정이 효과음을 넣은 것이었다.

"저는 나쁘지 않은 것 같은데……."

"은희 작가, 나쁘지만 않으면 되겠어요, 응? 보기에 좋아야 하지 않겠어요?"

오 차장은 은희에게 꼬박꼬박 '작가'라는 호칭을 붙이며 존댓말을 쓰곤 했다. 은희가 만화 작가라는 이름으로 입사하긴 했지만 실제로 하는 일이 원작의 효과음이나 왜색이 너무 짙게 느껴지는 부분을 하얗게 지우고 그 위에 수정한 그림을 다시 그리는 일뿐이었기 때문에 은희는 '작가'라고 불릴 때마다 모욕을 당하는 것 같았다. 오 차장의 말버릇 중 하나인 "응?" 하는 소리도 짜증스러웠다. 질문도 아니면서 왜 그렇게 말꼬리를 높이는지.

"다정 씨가 또 실수했나 보네. 어머, 여기 시옷이 너무 크게 들어갔다. 차라리 내가 '타타탁'으로 알려줄 걸 그랬네. 차장님, 제가 잘할게요."

구세주처럼 세진이 나타나지 않으면 오 차장의 잔소리는 끝나지 않았다. 해외영업팀 최세진은 회사 내에서 유창하게 일본어를 구사하는 유일한 사람으로, 부족한 예산 탓을 하며 고용하지 않는 번역가 대신 만화 번역도 맡고 있었다. 키가 크고 외모가 화려한 데다 성

격도 시원시원해서 세진이 나타나면 자리의 분위기가
달라지는 것이 느껴질 정도였다. 세진이 담배나 한 대
피우자며 오 차장을 데리고 옥상으로 올라가고 나서야
은희는 모니터 속 만화 원고를 제대로 살펴볼 수 있었
다. 오 차장이 손가락으로 연신 두드려댔던 효과음 부
분은 은희가 보기에 정말 나쁘지 않았다. 도대체 효과
음이라는 것이 얼마나 좋게 보여야 한다는 건지. 다만
은희가 공들여 다시 그린 주인공의 머리카락이 거의 다
가려져서 신경이 쓰이긴 했다.

"다정 씨, 이거 '타타탁 타타탁'으로 바꿔서 크
기를 좀 줄여줘요."

"네, 알겠습니다."

고등학교를 갓 졸업하고 청년 인턴으로 입사한
다정은 오 차장의 트집과 잔소리를 받아내면서도 주눅
들지 않고 묵묵히 제 할 일을 했다. 은희는 다정이 내심
기특하게 느껴졌다. 몇 번 따로 불러서 점심을 같이 먹
은 적도 있었다. 은희의 막냇동생과 같은 나이인데도
마냥 아이같이 느껴지는 동생과는 달라 보였다.

아마 은희가 자신을 챙겨주었다는 걸 다정도 알
았으리라. 그래서 휴대전화에 '언니'라고 저장을 했겠

지. 회사를 그만두고 오랜 시간이 흘렀는데도 번호를 지우지 않았던 거겠지. 그렇게 생각하자 잊고 있던 다정의 모습이 생생히 떠올랐다. 쌍꺼풀 없이 처진 눈매와 동그란 얼굴형 때문에 유순하게 보였던 인상, 까만 긴 생머리를 늘 하나로 묶고 다녔던 뒷모습, 운동화 뒤축을 구겨 신고서 화장실로 향하던 느릿한 걸음걸이 같은 것들이. 은희는 마음 한구석에 뭉쳐 있던 무언가가 따뜻하고 부드럽게 풀어지는 듯한 기분을 느꼈다.

기억을 한번 건져 올리자 여러 장면들이 잇달아 또렷해졌다. 다정의 사무실 책상 한쪽에는 피규어들이 쫑쫑 줄지어 서 있었다. 영국의 한 스튜디오에서 만든 클레이 애니메이션 캐릭터들이었다. 어릴 때부터 그 캐릭터를 좋아해서 애니메이터가 되고 싶었다며, 영국으로 유학을 가는 게 꿈이라던 다정의 말들도. 다정의 물건들은 영국 국기가 그려진 것들이 많았다. 마우스패드와 메모지 같은 사무용품부터 겨울철 난방이 잘 안 되는 사무실에서는 필수품과 같았던 담요와 털 슬리퍼, 방석까지. 그렇게 가고 싶어 하더니 결국 가는구나. 은희는 다정의 영국행에 도움이라도 준 것처럼 뿌듯한 마음이 드는 자신이 머쓱하게 느껴져서 서둘러 세진의 번호를 찾았다. 세진과 마지막으로 연락한 것도 벌써 몇 년 전의 일이었다. 바로 전화를 거는 건 조심스러워서 문자메시지를 보냈다.

　—세진 씨, 잘 지내? 많이 바쁘지?

　　답장이 금세 도착했다. 미팅 중이니 끝나면 전화를 주겠다는 거였다. 은희는 혹시 세진의 전화를 놓칠까 봐 휴대전화를 손에 쥔 채로 하루를 보냈지만 전화는 걸려오지 않았다.

　　이틀을 기다린 뒤에 은희는 세진에게 다시 문자 메시지를 보냈다. 이번에는 곧바로 전화가 걸려왔다.

　　"어머, 언니 미안해요. 제가 요즘 무슨 정신으로 사는지, 언니한테 문자 온 것도 거기에 답장 보낸 것도 다 잊고 있었지 뭐예요."

　　"아니야, 세진 씨 바쁜 거 내가 모르는 것도 아니고. 괜찮아."

　　정말이었다. 세진은 바쁜 사람이었고, 은희는 세진이 자신의 문자메시지를 무시하지 않은 것만으로도 충분히 고마웠다. 세진은 구독자가 백만 명이 넘는 개인 동영상 채널을 운영하고 있었다. 일본어는 물론이고 영어, 독일어까지 능통한 세진은 어학 학습법을 알려주는 콘텐츠로 시작해서 해외 드라마 소개, 외국인 유학생들과의 인터뷰, 해외 직구로 구입한 물건들의 리뷰, 일상을 담은 브이로그 등 다양한 콘텐츠를 채널에 올렸다. 최근에는 TV 방송에도 출연했고, 한 화장품 회사가 세진의 이름을 딴 제품을 출시하기도 했다.

"세진 씨도 다정 씨 기억하지?"

"당연히 기억하죠. 10년 만에 듣는 이름이긴 해도, 잊기는 어렵죠. 우리가 함께 겪었던 일들이 있는데."

10년 전, 오 차장이 야심차게 준비했던 웹툰 사이트는 실패했다. 지난 세기의 독자들을 위해 만들어진 기획 만화들은 새로운 플랫폼의 독자들에게 환영받지 못했다. 일본 만화들을 번역하면서 신조어로 대사를 채워도 봤지만 촌스럽기만 했다. 한세문화사는 두 차례에 걸친 대대적인 정리해고를 하고도 버티지 못해 폐업했다. 다정은 첫 번째 정리해고 때, 은희는 두 번째 정리해고 때 권고사직의 형태로 퇴사 처리되었다. 오 차장은 폐업 때까지 회사에 남았다고 후에 전해 들었다.

세진은 정리해고가 시작되기 전에 다른 회사로 이직을 했었다. 그때 이직한 회사가 일본 영화를 수입

해 인터넷으로 유통하는 곳이었고, 그곳에서 세진은 간단한 영상 편집을 배웠다고 했다. "정말 기회가 언제 어떻게 올지 모르는 게 인생인 것 같아요." 몇 년 전, 세진은 메신저 친구 목록에 생일 알림이 떴다며 은희에게 명품 브랜드의 향수 교환권을 보내왔다. 그때 메신저로 나누었던 짧은 대화가 은희에게는 큰 자극이 되었기 때문에 은희는 세진에게 고마운 마음이 있었다.

한세문화사를 그만둔 뒤, 은희는 고향으로 내려가 만화를 그렸다. 신인 만화가를 뽑는 공모전에 출품할 생각이었다. 외출도 하지 않고 방에 틀어박혀서 정말 열심히 만화만 그렸다. 하지만 예심조차 통과해본 적이 없었다. 계속 이어지는 낙방은 은희의 의욕을 전부 앗아가버렸다. 모아둔 돈도 다 떨어져가고, 부모님은 번듯한 대학까지 졸업한 자식이 방안퉁수가 될까 봐 전전긍긍하며 매일 은희의 눈치만 살폈다. 그때 세진에게서 향수 교환권이 온 것이다.

─언니 오늘 생일이죠? 축하해요!

─고마워, 세진 씨. 오랜만이네. 잘 지내?

간단히 안부를 물으며 시작된 대화는 자연스럽게 서로의 근황으로 이어졌다. 은희는 세진이 팬클럽까

지 있는 유명인이 되었다는 것을 그제야 알았다. 부러
웠다. 그리고 부끄럽게도 자신에 대한 말은 자꾸만 신
세한탄으로 이어졌다. 아무래도 크게 잘못된 것 같다
고. 이미 다 늦어버린 것 같다고. 재능도 없으면서 왜 이
렇게 미련하게 구는지 모르겠다고.

　―언니, 난 언니 재능 있다고 생각해요. 재능이
뭐 별거예요? 하고 싶다는 마음이 생기는 게 재능이지.
나도 만화 보는 거 좋아하지만 그리고 싶다는 생각이
든 적은 한 번도 없었거든요. 그런 마음이 들었다는 게
언니가 재능이 있다는 증거 아니겠어요?

　세진의 말은 은희에게 충격을 주었다. 그렇다고
갑자기 은희가 세상을 깜짝 놀라게 할 명작 만화를 그
리게 된 건 아니었다. 그저 다시 그릴 수 있게 되었다.
그게 무엇이든. 미리 좌절하고 앞서 걱정하는 대신 손
을 움직이게 되었다. 그리고 그거면 됐다고 생각할 수
도 있게 되었다. 그 뒤로 메신저에 세진의 생일 알림이
뜰 때마다 은희는 세진에게 줄 선물을 고심했지만 교환
권으로 보낼 만한 무엇도 세진에게 필요해 보이지 않아
서 아무것도 보내지 못했다. 그런데 마침 이렇게 특별
한 우연이 세진에게 만남을 제안할 기회를 만들어준 것

이다.

"정말 우연히 다정 씨랑 연락이 닿았거든. 그런데 곧 영국으로 출국을 한다는 거야. 그래서 혹시 가기 전에 시간이 맞으면 한번 보자고 하는데, 세진 씨도 같이 가면 좋을 것 같아서 연락해봤어."

"영국이요?"

"세진 씨도 놀랐지? 다정 씨가 그렇게 영국을 가고 싶어 하더니 결국 가게 됐더라고. 영국 회사에 취업을 했대. 정말 잘됐지 뭐야."

세진은 말이 없었다. 은희는 말실수라도 했나 싶어 곰곰이 자신이 했던 말을 되새겨보았다. 바쁜 사람을 괜히 곤란하게 한 걸까.

"양다정 씨가 영국에 가기 전에 언니랑 저를 만나고 싶어 한다는 거죠?"

"만나서 밥이나 한 끼 먹으면 어떨까 했던 거였는데…… 아무래도 부담스럽지?"

또다시 정적. 은희는 후회했다. 다정에게 세진과 일정을 맞춰보고 연락하겠다고 말한 것. 그때 은희는 마치 세진과 자신이 늘 연락을 주고받는 가까운 사이인 양 굴었다. 사실은 그런 사이도 아니면서 세진에

게 문자메시지를, 그것도 집요하게 두 번이나 보낸 것
도 후회스러웠다. 세진에게 사과를 하려는데, 세진의
목소리가 들려왔다.

"잘됐네요. 마침 이번 주말에 할 일 없었는데."

은희는 한 시간이나 일찍 약속 장소에 도착했
다. 고층 빌딩의 스카이라운지에 있는 레스토랑이었다.
입구에 들어서자 유니폼을 입은 직원이 은희를 에스코
트했다. 룸이 준비되어 있었다. 한쪽 벽면이 전부 유리
였다. 한강 변의 도로를 달리는 자동차 헤드라이트 불
빛이 줄지어 반짝였다. 은희는 야경을 등지는 자리에
앉았다. 레스토랑을 예약한 세진과 축하를 받아야 할
다정이 멋진 풍경을 보며 식사를 해야 한다고 생각해
서였다. 은희의 가방에는 세진과 다정에게 건넬 선물이
들어 있었다.

약속 시간이 다가오자 따뜻한 물과 시원한 물,
세 종류의 유리잔, 크기가 서로 다른 두 쌍의 포크와 나
이프, 네 개의 스푼이 은희의 앞에 제자리를 찾아 놓였
다. 그 모든 것이 종류별로 한 번에 한 가지씩 세팅되었
기 때문에 노크 소리와 함께 문이 열리고 직원이 쟁반

을 들고 들어올 때마다 은희는 점점 초조해졌다. 아마
도 예약한 세진이 계산을 하겠지만 그렇다고 그대로 얻
어먹기도 더치페이를 하자고 이야기를 꺼내기도 부담
스러운 가격대의 레스토랑인 것 같았다. 얼룩 하나 없
이 반짝이는 식기들을 바라보며 신용카드 결제일과 통
장잔고를 헤아릴 수밖에 없었다.

직원이 적당한 온도로 데운 물수건을 가져왔을
때 드디어 세진이 나타났다.

"일찍 왔네요, 언니. 나 안 늦은 거 맞죠?"

세진은 어색하게 쭈뼛거렸던 은희와는 달리 익
숙한 몸짓으로 직원의 에스코트를 받았다. 은희는 세진
이 자신의 맞은편에 앉자 비로소 긴장으로 굳었던 어깨
가 풀어지는 것을 느꼈다. 세진이 직원에게 보조의자를
가져다 달라고 부탁해 그곳에 가방을 올렸다. 은희는
무릎 위에 올려두었던 가방을 슬그머니 바닥에 내려놓
았다.

"다정 씨는?"

"조금 늦는다네. 아무래도 정신이 없겠지, 출국
이 며칠 안 남았으니."

"언니랑 계속 연락하고 지냈어요?"

"아니, 나도 갑자기 연락이 됐어."

"그래요? 하필이면 출국 전에?"

세진이 무언가 더 이야기하려는 듯 은희를 향해 몸을 기울이는데 똑똑, 노크 소리가 들렸다. "일행분 오셨습니다." 직원의 말에 세진이 마치 자기 방에서 손님을 맞듯 "들어오세요"라고 대답했다.

"오랜만이에요, 양다정입니다."

은희는 다정의 말이 영 어색한 방식의 인사라고 생각하면서도 한편으로는 적절하다고 느꼈다. 다정이 스스로 밝히지 않았더라면 룸을 잘못 찾은 사람인 줄 알았을 터였다. 짧은 커트머리에 어두운 회색 슈트. 가죽 클러치백을 든 다정이 직원의 에스코트를 받으며 세진의 옆자리에 앉았다. 세진도 놀란 듯했다.

"다정 씨, 많이 달라졌네. 난 그대로죠? 최세진이에요."

"세진 언니, 나이가 조금 드시긴 했어도 여전히 멋지시네요. 은희 언니도요."

다정이 세진에게 손을 내밀어 악수를 하고 이어서 은희를 향해 손을 뻗었다.

"다정 씨도 멋있어졌다. 진짜 어른 같네."

"전 계속 어른이었는데요?"

다정의 손을 잡은 채로 마땅히 대꾸할 말을 찾지 못하는 은희 대신 세진이 "예전처럼 어리바리해 보이지 않는다는 거지. 약속 시간에는 좀 늦었지만" 하고 말했다. 다정이 "그런가요? 언니는 예전처럼 솔직하시네요" 하며 소리 내어 웃었다. 그제야 세진과 다정 사이에 흐르는 공기가 심상치 않다는 게 느껴졌다. 둘이 예전에 뭐가 있었나? 이게 다 무슨 일이지? 내가 지금 여기서 뭘 하는 거지? 은희가 혼란스러워하는 동안에도 세진과 다정은 미소를 띤 채 대화를 이어갔다. 조곤조곤한 목소리로 상대의 신경을 조금씩 긁어대면서. 나란히 앉은 서로가 아니라 맞은편에 앉은 은희를 바라보면서. 은희는 아무것도 먹지 않았는데도 벌써 체한 것처럼 속이 답답했다. 당장 무슨 핑계라도 대고 자리를 벗어나고 싶었다.

"저기⋯⋯."

그때 애피타이저로 유리 볼에 담긴 차가운 완두콩수프가 나왔다.

짭조름한 완두콩수프에 이어 갓 구운 빵과 토마토샐러드, 치즈구이, 흰살생선튀김과 데운 채소들, 찐

감자와 호박, 양고기스테이크와 민트젤리에 이르기까지 두 시간여 동안 코스요리를 먹으면서 다행히도 은희가 우려했던 일은 일어나지 않았다. 기분이 상한 세진이 도중에 나가버리거나, 다정이 숨겨두었던 속내를 드러내거나, 속이 불편한 은희가 구토를 하며 쓰러지거나…… 그런 일들은 없었다. 세진은 최근 자신의 일상에서 벌어진 흥미로운 일들에 대해 유쾌하게 이야기하면서 틈틈이 다정의 영국행과 관련된 화제들을 꺼내며 자연스럽게 다정이 자리의 주인공이 될 수 있도록 해주었다. 다정이 애니메이터로서의 포트폴리오를 만들기 위해 다섯 곳의 스튜디오에서 단기 인턴으로 일했고, 그와 동시에 영어 회화를 연습하기 위해 외국인 여행자들이 찾는 게스트하우스에서 숙식을 제공받는 조건으로 청소와 빨래 등을 했다는 말에 은희는 진심으로 감탄했다.

"다정 씨, 정말 대단해. 난 다정 씨가 뭔가 해낼 줄 알았어."

"정말요?"

"그럼, 우리 같이 일할 때…… 그때도 난 다정 씨가 정말 남다르다고 생각했거든. 다정 씨는 재능이 있어. 꿈을 갖고 열심히 노력하는 자체가 재능이지."

그 말까지 할 생각은 아니었는데. 은희는 슬쩍 세진의 눈치를 봤다. 세진은 턱을 괸 채 은희를 보며 미소 짓고 있었다. 직원이 마지막 식사 접시를 정리하고 디저트로 식용 금가루를 뿌린 티라미수와 커피를 가져왔다.

"오 차장님도 그러셨어요."

금가루를 피해 포크를 움직이던 은희의 손과 아이스커피에 든 얼음을 빨대로 천천히 휘젓던 세진의 손이 동시에 멈췄다. 다정은 애틋한 눈빛으로 테이블 끝을 바라보며 말을 이었다.

"잘 지내시는지 궁금하네요. 오 차장님하고는 연락 안 되시는 거죠? 저한테 참 좋은 말씀 많이 해주셨는데……. 저를 정말 잘 챙겨주셨거든요."

"오 차장님이 다정 씨를?"

"따로 불러서 점심도 여러 번 사주시고, 가끔 외근 다녀오실 때면 비싼 간식도 사 오시고요. 제가 일이 잘 안 풀려서 헤매고 있을 때는 격려도 많이 해주시고."

그건 오 차장이 아니라 은희가 다정에게 해준 것들이었다. 하지만 은희의 입으로 정정하기엔 영 민망

했다. 그리고 혹시나 오 차장도 다정에게 그렇게 해주
었을지 모른다. 아니, 그럴 리가. 오 차장이 그랬을 리가
없다. 아무래도 다정이 착각하고 있는 게 분명했다. 은
희는 세진이 자연스럽게 사실을 정리해주기를 바라며
세진에게 눈을 맞췄다. 눈치가 빠른 세진은 은희의 마
음을 알아채리라 믿으며.

"오 차장님이 따뜻한 면이 있으시긴 했지. 겉으
로는 차가워 보여도 속정이 있는 사람이었잖아."

세진마저 왜 저러는 걸까. 변덕스러운 오 차장
의 비위를 맞추느라 제일 고생한 사람이면서. 시간이
흐르면 아무리 힘들고 괴로웠던 일들도 다 추억으로만
남는 걸까. 은희는 더 이상 가만히 있을 수 없었다.

"나는 오 차장님 생각하면 그 말밖엔 안 떠오르
던데. 다정 씨한테 맨날 하던 말 있잖아."

"아, 고장 난 시계요?"

"언니는 굳이 그 말을 왜 꺼내요. 다정 씨도 그
말은 잊어버려. 좋은 것만 기억해도 모자란데."

"아니에요, 전 그 말 좋았어요."

"좋았다고?"

"고장 난 시계도 하루 두 번은 맞는다고. 다정

씨도 가끔 그렇게 딱 맞게 일을 할 때가 있어서 놀란다
면서 농담을 하곤 하셨잖아요. 제가 그렇게 신기하게
오 차장님 마음에 들게 일을 하는 때가 있었나 봐요."

그런 말이 아니었잖아. 그게 어떻게 그렇게 돼?
다른 사람은 몰라도 은희는 알았다.

"고장 난 시계도 하루 두 번은 맞는다던데. 저
정말 다정 씨 때문에 힘들어죽겠어요."

오 차장에게 그렇게 말했던 게 은희 자신이었으
니까.

"은희 작가는 정말 표현력이 남다르다니까. 역시
작가는 아무나 하는 게 아니야." 오 차장이 엄지손가락
을 치켜올리면 "언니 말대로 애가 좀 센스가 부족하더
라. 첫 인상부터 좀 답답해 보이더라고요" 하고 세진이
오 차장의 담배에 불을 붙이며 거들었다. "은희 작가 능
률 오르게 내가 도와줘야지." 오 차장이 은희의 팔짱을
꼈다. "은희 작가는 아무 걱정 마. 내가 다 알아서 해줄
게." 은희는 안심했다. 퇴사한 동기 대신 오 차장의 레이
더에 걸릴까 봐 얼마나 전전긍긍했었나. 다정은 이제 막
인턴 생활을 시작한 초년생이니 오 차장의 잔소리가 앞
으로의 사회생활에 도움이 될 수 있겠지만 자신에게는

아니었다. 게다가 오 차장 때문에 신경을 쓰느라 자신의 작업 속도가 느려지면 팀 전체가 피해를 입을 터였다. 그건 다정에게도 좋지 않은 일이었다. 은희는 대신 여유가 생길 때마다 다정을 몰래몰래 챙겨주었다. 그래도 너무 몰래 챙겼나? 기억도 제대로 하지 못하는 건 좀 서운했다. 다정은 여전히 답답한 구석이 있었다.

은희는 화장실에 다녀오겠다며 자리에서 일어났다. 세진과 다정은 어느새 서로를 향해 조금씩 몸을 틀어 앉아 있었다.

계산대 앞에서 세진과 다정이 각자의 카드를 들고 실랑이를 하는 동안 은희는 한 걸음 뒤에 떨어져 있었다. 가방 안에 든 선물을 꺼내야 할 순간이었지만 그렇게 하고 싶지 않았다.

계산은 세진이 했다. 은희는 지하철을 타고 돌아가야 했지만, 세진과 다정을 따라 지하주차장으로 함께 내려갔다. 다정의 차가 엘리베이터와 가장 가까운 곳에 주차되어 있어서 다정이 먼저 출발하기로 했다.

"정말 반가웠어요. 언니들 만나고 떠날 수 있어서 다행이에요. 오늘 만나주셔서 감사합니다."

다정은 10년 전에 그랬던 것처럼 고개를 꾸벅 숙여 인사했다. 은희가 다정을 택시에 태워서 회사에서 멀리 떨어진 맛집으로 데려가 점심을 함께 먹고 계산해주었을 때처럼. 오 차장에게 불려갔다 와서 풀이 죽어 있는 다정의 책상 위에 값비싼 초콜릿을 올려놓았을 때처럼.

은희는 막 출발하려는 다정의 차창을 다급히 두드렸다. 마치 깜빡 잊고 있었다는 듯이.

"다정 씨, 이거 별거 아니지만 축하 선물이야. 가고 싶었던 영국에 가게 된 거 정말 축하해. 난 다정 씨가 거기 가서도 잘할 거라고 믿어."

다정이 좋아하던 캐릭터가 그려진 포장지로 감싼 선물은 작은 액자에 끼운 은희가 직접 그린 그림이었다. 10년 전의 다정을 떠올리며 그린 것이었다. 다정은 감동했는지 눈물까지 글썽이며 말을 잇지 못했다. 은희가 다정의 손을 부드럽게 잡았다.

"도착하면 안부 꼭 전해줘. 편지 보내도 돼, 주소 남길게."

"은희 언니가 이렇게 사람 감동시키는 면이 있다니까."

세진이 옆에서 한마디 거들었다. 다정은 말없이 은희와 세진을 번갈아 보고는 창문을 닫았다. 은희는 닫힌 창에 대고 목소리를 높였다.

"다정 씨, 건강 잘 챙겨! 외국에서 몸 아프면 그게 정말 서럽대."

다정의 차가 주차장을 빠져나가고 세진이 은희에게 "언니 차는 어디 있어요?" 물었다. 은희는 차가 없다고, 지하철을 타고 왔다고 말했다. 사실 아직 운전면허도 없다고, 그래도 대중교통이 잘되어 있어서 뚜벅이 생활도 나쁘지 않다고 덧붙였다. 혹시나 세진이 데려다주겠다고 말하면 가까운 지하철역에 내려달라고 할 생각이었다. 거기까지 가면서 최대한 자연스럽게, 자신이 세진에게 얼마나 고마운 마음을 갖고 있는지, 그동안 생일 선물조차 쉽게 하지 못할 정도로 그 마음이 무척 소중한 것이었다는 것도 이야기하고 준비한 선물을 건넬 생각이었다.

"그렇구나, 조심히 들어가요."

세진이 싱긋 웃으며 손에 들고 있던 차키의 버튼을 눌렀다. 주차장 어디선가 삐빅, 하는 신호음이 들렸다.

　　세진에게 주려던 명품 브랜드의 명함지갑을 포장된 그대로 책상 위에 올려둔 채 계절이 바뀌었다. 은희는 종종 세진의 동영상 채널에 접속했고, 가끔 세진을 전혀 모르는 사람인 것처럼 댓글을 남기기도 했지만, 세진에게 직접 연락을 하진 않았다. 그날 지하주차장에서 엘리베이터를 타고 지상으로 올라오는 동안 다정에게 문자메시지로 주소를 찍어 보냈지만 다정에게서 편지가 오는 일도 없었다. 세진에게서 전화가 걸려온 것은 해가 바뀐 뒤였다.

　　"언니, 걔 미친 거 아니에요?"

　　대뜸 그렇게 시작한 세진의 말은 은희가 대꾸할 새도 없이 빠르게 이어졌다. 방금 한 카페에서 다정을 마주쳤는데 세진이 다가가 인사를 했더니 처음 보는 사람처럼, 세진을 전혀 모르는 사람처럼 굴었다는 거였다.

　　"눈을 동그랗게 뜨고는 목소리까지 깔면서. 저 아세요? 그러는 거야. 저 아세요? 알지. 내가 왜 모르겠어. 지가 얼마나 이상한 앤지!"

　　은희는 세진에게 진정하라고, 정말 그냥 닮은 사람이었던 게 아니냐고 물었다. 세진은 절대로 그럴 리가 없다고, 자신이 다정을 못 알아볼 리가 없다고 했다.

"내가 처음 볼 때부터 걔 이상하다고 생각했었어. 예전에도 가까이하고 싶지가 않았다고. 10년 만에 갑자기 만나자고 할 때도 수상하더니."

"아니야, 세진 씨. 무슨 오해가 있는 거 같아."

"오해는 무슨 오해요. 설마 언니도 한패예요?"

"한패라니?"

세진은 세 사람이 만난 그날 이후로 악성 댓글을 다는 사람이 나타났다고 했다. 세진의 신상에 대해 상세히 알고 있는 사람이 분명했고, 아무리 삭제를 해도 끈질기게 댓글을 달았다. 그 사람의 아이디가 다정이 좋아하던 캐릭터의 이름과 같았다.

"이제 보니 언니도 진짜 이상해. 어떻게 언니가 걔랑 나랑 한자리에 불러서 밥을 먹자고 해요? 언니 사정 내가 모르는 거 아니니까 이런 말까진 안 하려고 했는데 혹까지 달고 얻어먹는 경우가 어디 있어요? 그것도 떡하니 상석에 앉아서. 그리고 언니가 개한테 선물은 왜 줘요? 언니, 진짜 웃긴다. 애를 그렇게 괴롭혀놓고. 병 주고 약 주고야?"

"세진 씨, 왜 그래. 그게 다 무슨 소리야?"

"됐어요. 연락하지 마세요."

　　세진은 전화를 끊자마자 은희를 차단한 것 같았다. 아무리 통화 버튼을 눌러도 연결이 되지 않았다. 은희는 다정에게 전화를 걸어보았다. 수신이 중지된 번호라는 안내 멘트가 들렸다. 그럼 그렇지. 다정은 영국에 있을 터였다. 은희는 세진이 스트레스를 많이 받는 것 같아 걱정이 되었다. 유명인들에게는 유명세라는 게 따른다던데, 아무래도 그 때문에 예민해진 것 같았다. 은희는 세진의 동영상 채널에 댓글을 남겼다.

　　'요즘 예전 같지 않아요. 좀 쉬시는 게 어떨까요?'

　　그 댓글이 곧 삭제되었다는 걸 은희는 영영 알지 못했다.

팀 플 레 이

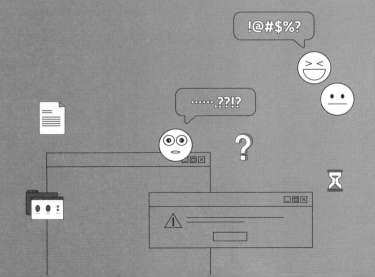

지연에게서 메시지가 왔을 때, 은주는 지갑을 정리하고 있었다. 숫자들이 바래가는 감열지 영수증 몇 장과 이제는 없어진 가게들의 종이 쿠폰을 잘게 찢었다. 그중에는 지연과 자주 가던 카페에서 받은 것도 있었다.

광화문 뤼미에르 빌딩 상가 1층의 작은 카페에는 허리를 다 펴고 설 수 없을 정도로 천장이 낮은 다락이 있었다. 계단에 신발을 벗고 기다시피 다락 안쪽으로 들어가면 딱 두 사람이 앉을 만한 자리에 푹신한 방석과 쿠션들이 쌓여 있었다. 따로 탁자가 없어 바닥에

둔 잔을 엎지르지 않도록 조심히 움직여야 했다. 은주는 그곳에서 동그란 유리창 너머로 거리를 지나가는 사람들의 정수리를 내려다보기를 좋아했다. 저 사람은 가마가 두 개야, 저 사람은 새치가 많이 났네, 은주가 그런 말을 하는 동안 지연은 별다른 대꾸 없이 책을 읽거나 수첩에 메모를 하고 있었다. 어떤 사람들은 머리 위에 나뭇잎이나 깃털 같은 것을 붙인 채 걸어다녔다. 그런 사람을 발견하면 은주는 유리창에 대고 입김을 후, 후, 불었는데 처음엔 별 의미 없이 한 행동이었지만 자신의 그런 모습을 지연이 귀여워한다는 것을 안 뒤로는 의식적으로 바람 소리를 내곤 했다. 지연이 고개를 들고 자신을 바라볼 때까지.

하지만 이제 그 카페는 없고, 은주와 지연이 마주 앉아 서로에게 웃는 얼굴을 보여준 것도 오래전의 일이다.

은주는 사용기한이 만료된 신용카드를 가위로 잘랐다. 동전들은 따로 모아두는 통에 담고, 가벼워진 지갑을 코트 주머니에 넣었다. 다음 날 출근을 위해 일찍 잠자리에 들 생각이었다. 샤워를 마치고 나와서야 휴대전화를 보았다.

　　— 은주야, 이거 너 맞지?

　　한 달 만에 출근한 사무실엔 온기가 하나도 없었다. 숨을 길게 내뱉으니 하얀 입김이 보였다. 중앙난방식 건물이어서 히터를 틀려면 관리실에 전화를 걸어야 했다. 은주는 전화기를 들었다가 내려놓았다. 형광등을 드문드문 빼놓아서 어두침침한 사무실에 출근한 사람은 은주뿐이었다. 한 사람을 위해 건물 한 층의 난방을 켜는 것은 낭비라는 생각이 들었다. 더군다나 이런 시기에. 은주는 습관대로 벗어 의자에 걸어두었던 코트를 다시 입고, 사무실 안을 한 바퀴 돌며 창문마다 블라인드를 꼼꼼히 쳤다. 가장 끝 쪽의 블라인드가 고장인지 중간쯤에서 걸려 더는 내려오지 않았다.

　　창밖의 풍경은 고요했다. 아침인데도 날이 흐려 사방이 어두웠다. 하릴없이 시선을 옮기는데 텅 빈 도로 건너편에서 무언가가 반짝였다. 백화점 입구에 세워놓은 크리스마스트리였다. 해가 바뀐 지도 한참인데 철거되지 않은 트리에서 알전구들이 깜빡이고 있었다. 은주는 잠시 서서 그 모습을 바라보았다. 어쩐지 그 불빛은 낭비라는 생각이 들지 않았다.

자리로 돌아와 노트북을 켰다. 사양이 좋지 않은 노트북이 느리게 부팅되는 동안 작년 겨울에 잠깐 쓰고 서랍에 넣어두었던 탁상용 온풍기가 떠올랐다. 방치해둔 사이에 고장이 나진 않았을까 걱정했는데 플러그를 꽂으니 다행히도 미지근한 바람이 나왔다. 그 정도면 된다는 생각이 들었다. 키보드를 두드릴 손끝만 녹일 수 있으면.

요즘 은주는 자신이 살아가는 데에 꼭 필요한 것이 무엇인지에 대해서 자주 생각했다. 있어서 좋은 것이 아니라 없으면 안 되는, 반드시 있어야만 하는 최소한의 필요에 대해서. 이 작은 온풍기도 지금이라면 사지 않을 거라는 생각이 들었다.

하지만 그때는 몰랐다. 며칠째 난방장치가 수리되지 않아 전기포트에 연신 뜨거운 물을 끓이며 인터넷으로 최저가 온풍기를 검색하던 때에는, 이런 날들이 올 줄은 정말 몰랐었다. 하지만 알았더라도 무엇이 달라졌을까.

전염병의 세계적인 대유행이 시작되기 전, 국내에서 첫 번째 의심 환자가 발생했던 날 은주는 해외를 방문한 사람들로부터 전염병이 퍼질 수 있으니 주의를

요한다는 기사를 작성했었다. 국장은 예방 수칙보다는 감염경로에 대해 집중하는 방향으로 기사를 수정하라고 지시했고, 은주는 몇몇 도시의 이름을 추가했다. 의심 환자의 직업군과 나이, 거주지에 대해서도. 그리고 까맣게 잊고 있었다. 그 기사가 승인되었는지조차 확인하지 않았다. 대수롭지 않은 일이라고 생각했고, 평소와 같이 퇴근했고, 한참 후에야 자료 조사를 위해 검색을 하다가 자신이 쓴 기사를 발견했다. 기사 말미에 적힌 제 이름을 보는 순간엔 어이가 없어 웃음이 다 나왔다.

전염병은 무서운 기세로 번져나갔고, 이제는 일상이 되어버렸다. 전파력이 강하고 증상이 일정하지 않은 탓에 예방을 위해서는 사람 간의 접촉을 줄이는 수밖에 없었다. 삶의 많은 부분이 달라졌다. 어떤 사람들은 이전의 생활 방식을 완전히 버려야 했고, 또 어떤 사람들은 그럴 수가 없어서 괴로워했다. 은주에게도 크고 작은 변화들이 있었다. 그중 하나가 근무 방식이었다. 매달 첫째 주에만 사무실에 출근을 하고, 나머지 기간에는 사무실에 출근한 사람에게 문제가 생길 경우 대신해서 출근할 수 있도록 준비를 하고 기다렸다. 월급은 기존의 절반을 받았다.

처음엔 휴가를 받은 것 같았다. 월급이 줄긴 했지만 근무 시간에 비해서는 많으니 괜찮다고 생각했다. 하지만 계산이 그리 간단치 않았다. 수입이 줄어든다고 해서 지출도 줄일 수 있는 건 아니었다. 한 달에 일주일만 일한다고 해서 그 시간만 살 수는 없었다. 잠에서 깨면 전등을 켜고, 물을 틀어 몸을 씻고, 밥을 먹고, 자신을 돌보기 위한 공간이 필요했다. 일하지 않는 날에도 살아가야 했다. 그 모든 것에는 여전히 한 달 치의 돈이 들었다.

하지만 지금은 우선 버텨야 했다. 새로운 일자리를 찾을 수 있다는 낙관을 갖기 어려운 시기였다. 주변에서는 무기한 무급 휴직 중이라거나 갑작스럽게 폐업 통보를 들었다는 이야기들이 심심치 않게 들려왔다.

노트북이 부팅되자 자동으로 기사작성시스템이 실행됐다. 아이디와 패스워드가 저장되어 있어 곧바로 접속이 됐다. 은주는 작년 겨울부터 수도 없이 송고한, 그래서 처음부터 끝까지 막힘없이 키보드를 두드릴 수 있는 기사를 작성했다. 매번 비슷한 문장들에다 정부에서 날마다 새롭게 발표하는 숫자만 바꾼 것이었다. 입력 완료 버튼을 누르기까지 5분도 걸리지 않았다. 기다렸다는 듯이 기사가 승인되었다는 안내창이 떴다. 재택근무 중인 국장이 확인 버튼을 누른 것이다. 은주는 이럴 때면 도대체 국장이 기사를 읽기나 하는 것인지 의심이 됐지만, 자신이 쓴 기사가 굳이 읽어야만 하는 기사인가 하면 그렇지도 않다는 생각이 들었다.

신규 확진자 수 또다시 최다 경신······ 수도권 확산세 누그러들지 않아······.

은주는 빈자리마다 놓인 노트북들을 켜서 방금 송고한 내용과 똑같은 기사를 입력했다. 헤드라인은 단어의 위치만 바꿔서 조합했다. 또다시 최다 경신된 신규 확진자 수, 누그러들지 않는 수도권······ 확산세 누그러들지 않고 신규 확진자 최다 경신······ 또다시 확산세 신규 확진자 수도권 중심으로 최다 경신······. 기사들은 입력 완료 버튼을 누르기가 무섭게 줄줄이 승인되었다.

사무실을 한 바퀴 돌아 다시 제자리로 온 은주는 자신의 노트북으로 포털 사이트에 접속해 검색창에 '확진자'라고 입력했다. 검색 결과 최상단에 은주가 처음 작성한 기사가 떴다. 코리아에브리데이 심은주 기자. 그 아래로도 줄줄이 은주가 작성한 기사들이 이어졌다. 예스투데이 곽은영 기자, 저널케이케이 강신우 기자, 헤럴드리안 최형석 기자……. 은주는 의자에 앉은 채로 짧게 스트레칭을 하고 다음 기사를 작성했다.

　기사를 작성하고, 송고하고, 승인되면 사무실을 한 바퀴 돌며 계속 기사를 송고한다. 특별한 사건이 없이도 사람들이 일상적으로 검색창에 입력하는 몇 가지 단어들에 대해서 매일 신규 기사를 발행하는 것. 이것이 오전 업무인 '업데이트'였다. 최근에는 당연히 '확진자' '백신' '치료제' 등을 업데이트했다. 고위 공직자가 한 말, 연예인이 소셜미디어에 새로 올린 사진, 개인 투자자들이 몰린 주식 종목의 시세와 함께.

　은주의 직장인 에이미디어는 이름이 다른 여러 개의 인터넷신문을 발행했다. 각각의 등록번호와 발행인은 모두 달랐지만 결국은 한 회사 내의 부서나 마찬가지였다. 광고 수익을 올리기 위해서는 포털 검색 결과에서 상위에 노출되는 것이 가장 중요했다. 업데이트는 효율성이 높은 방법이었고, 그 외에도 실시간 인기 검색어 순위에 오른 단어들을 따라가는 '트래킹'이나 다른 신문

사의 인기 기사와 반대되는 내용을 올리는 '섀도잉' 같
은 방법들이 있었다. 예전처럼 '우라까이'로 빠르게 양
만 늘려서는 클릭수를 확보하기 어려웠다. 회사 내의 여
러 신문들이 전략적으로 움직일 필요가 있었다. 업데이
트한 기사와 비슷한 기사들을 연달아 발행해서 노출 순
위를 높이는 '팀플레이'는 은주가 분석한 알고리즘 패턴
으로, 꽤 높은 성과를 올리고 있었다. 경쟁사에서도 같
은 방식으로 기사를 올리기 시작했지만 다행히 아직은
에이미디어가 보유한 신문 수가 훨씬 많았다.

　　전염병의 확산세가 심각해진 뒤로 회사는 차차
인력을 줄여나갔다. 그러다 결국은 신문별로 한 명씩만
남았고, 교대로 출근해 다른 사람들의 이름으로 팀플레
이 기사를 발행하는 게 업무의 주가 됐다. 현장 취재를
하는 기자가 되겠다는 생각으로 입사한 것은 아니었지
만, 이제는 정말 기자라는 말을 붙이기 민망할 지경이
었다. 가끔은 게임을 하고 있는 것처럼 느껴지기도 했
다. 주어진 규칙 안에서 움직이는 플레이어일 뿐이라는
생각, 작성한 기사 속 문장들은 현실이 아니라 가상의
시나리오 같았다.

　　오전에 최소한 열다섯 건의 기사를 발행해야 했

다. 은주는 포털 사이트 인기 검색어를 살펴 몇 개의 아이템을 골랐다. 그리고 인터넷 창을 여러 개 띄웠다. 인기 검색어로 기사를 쓸 때는 타이밍이 중요했다. 부지런히 키보드를 두드렸지만 은주의 기사는 번번이 다른 회사의 기사를 띄워주는 역할만 했다.

　　은주는 기사작성시스템에서 '지난 기사' 목록을 확인했다. 기존에 높은 조회수를 기록한 기사의 후속 기사를 발행하는 것도 괜찮은 방법이었다. 지난주에 출근했던 기자가 은주의 이름으로 발행한 기사들이 보였다. 그중에는 그 기사도 있었다. 지연이 링크를 보낸 기사.

　　뉴욕에서 사망한 장성수 작가, 세계가 주목한 예술가의 안타까운 비보.

　　비디오아티스트 장성수 작가가 개인전을 위해 찾았던 뉴욕의 숙소에서 사망한 채 발견되었다고 현지 언론이 보도했다. 아직 정확한 사인은 밝혀지지 않았으나 전염병에 의한 합병증이 유력하다. 다른 일행 없이 홀로 숙소에 머물던 장 작가는 열흘 전부터 연락이 끊긴 채였으며, 유족들은 전염병으로 인해 이동이 어려운

상황 때문에 장례 절차를 고심하고 있는 것으로 알려졌다. 장 작가는 자화상이라 밝힌 '점멸' 시리즈를 통해 세계적인 주목을 받았으며, 이번 개인전에서 대중에게 공개될 예정이었던 신작 '낙차' 시리즈는 스스로의 한계를 깨고 새로운 출사표를 던진 작품으로 평단의 호평이 이어지고 있었다. '새 시대를 여는 아티스트협회' 회장을 역임했으며, K대 전임교수로 재직 중이었다.

코리아에브리데이 심은주 기자

은주는 자신의 이름으로 발행된 기사 속 낯선 문장들을 따라 읽으며 지연과 마지막으로 만났던 날을 떠올렸다.

그때도 겨울이었다. 졸업작품을 위해 꼭 필요한 일이 있다며, 딱 일주일만 도와달라는 지연의 말에 은주는 자세한 건 묻지도 않고 K대가 있는 K시로 향했다.

기차역으로 마중 나온 지연은 처음 보는 외제 차를 타고 있었다. 누구 차냐고 물으니 학교 일을 할 때만 빌리는 차라고 했다. 룸미러에 작은 석고방향제가 걸려 있었는데, 그 냄새가 비위에 맞지 않아서 은주는 차에 탄 내내 창문을 조금 열고 열린 틈에 코를 대고 있었다.

K대는 캠퍼스가 무척이나 넓었다. 정문 구조물로 향하는 진입로만 해도 한참이었다. 캠퍼스의 가장 안쪽, 완만한 언덕 위에 예술대학 건물이 있었다. 주차장에 차를 세운 지연은 안전벨트를 푸는 은주의 손을 덥석 잡았다. 사실은 말하지 않은 게 있다고, 아직 지도교수에게 허락을 받지 못했다고 했다.

"허락까지 받아야 하는 거야?"

"학교 일은 다 교수님 허락을 받아야 해."

"내가 뭘 해야 되는데?"

"별거 아냐. 인사 잘 드리면 허락해주실 거야."

지연은 자신의 지도교수가 성격이 좀 예민하다고, 하지만 그것만 빼면 괜찮은 사람이라고 말했다. 실력도 있고 인정받는 예술가이며, 그에게서 많이 배우고 있다고. 앞으로도 도움을 받을 일이 많다고 했다.

"은주야, 부탁 좀 할게."

은주는 와줘서 고맙다는 말도 없이 어린아이에게 예의범절을 가르치는 듯이 구는 지연에게 서운한 마음이 들었다. 그리고 그런 취급을 받으면서도 지연의 부탁이라면 들어주고야 마는 자신이 한심스럽기도 했다. 그냥, 돌아갈까. 차 문을 열고 나가면 지연을 따라가

는 대신 왔던 길을 되짚어 돌아갈까. 하지만 지연의 손
이 떨리고 있었다. K대 대학원에 자리를 잡기까지 지연
이 얼마나 힘들었는지 은주는 잘 알고 있었다.

　　그날 지연의 지도교수로 만난 사람이 장성수였
다. 뉴욕에서 전염병으로 사망한 장성수 작가.

　　—은주야, 이 기사 쓴 거 너 맞지?

　　—그래서?

　　—우리 만나서 얘기 좀 하자.

　　—난 언니랑 할 얘기 없어.

　　—그땐 내가 미안했어.

　　이제 와서 그날 하루 종일 은주가 K대 캠퍼스를
헤매는 동안엔 한 번도 찾지 않았으면서. 지연에게서
연락이 오길 기다리다 밤이 되어서야 콜택시를 불러서
기차역으로 갈 때까지, 역에 도착해서도 곧바로 열차를
타지 않고 대합실에 앉아 막차가 올 때까지 기다렸는데
도 찾아오기는커녕 아무런 말이 없었으면서. 그날 이후
로 지금까지도.

　　은주는 그날의 일이 떠올라 울컥 눈물이 날 것
같았다. 메시지 창에는 지연의 메시지가 연달아 올라오
고 있었다.

―은주야, 나 좀 도와줘.

―부탁이야.

―너밖에 없어.

*

예술대학 영상학과 장성수 교수실.

문패 아래에는 그의 전시회 포스터가 붙어 있었
다. 지연은 발소리를 죽이고 문으로 다가가 귀를 바짝
가져다 댔다. 검지를 입술 위에 올려 조용히 하라는 신
호를 보내는 것도 잊지 않았다. 그 모습에 은주는 저도
모르게 숨을 참았다. 그렇게 몇 초가 흘렀다. 문 안쪽에
서는 아무 소리도 들려오지 않았다. 지연은 안심한 듯
자세를 바로 하고 똑, 똑똑, 하고 문을 두드렸다. 꼭 그
래야만 문이 열리는 암호라도 대듯이, 신중하게.

"들어와요."

장성수는 창가에 놓인 안락의자에 앉아 있다가
지연의 뒤를 따라 들어오는 은주를 발견하고는 천천히
일어섰다. 붉은 스웨터를 입고 있었다. 안경테가 독특
했다. 얼핏 둥글어 보이지만 자세히 보면 팔각형이었

다. 가벼운 손짓으로 여전히 문가에 서 있는 지연과 은주를 안으로 들였다.

"앉아요."

연구실 중앙에 놓인 테이블에는 의자가 두 개뿐이었다. 지연은 은주를 장성수의 맞은편에 앉게 했다. 그리고 장성수의 옆에 섰다.

"교수님, 이쪽이 말씀드렸던 심은주입니다."

"그래요, 은주 씨. 반갑습니다."

"네, 안녕하세요."

은주는 당황스러웠다. 지도교수와 학생 사이라는 게 원래 이런 건가. 지연은 행동 하나하나를 지극히 조심하고 있었고, 그마저도 장성수의 지시 혹은 허락이 있어야만 가능한 것처럼 굴었다.

"지연 씨, 은주 씨한테 마실 걸 좀 드리죠."

"아, 저는 괜찮습니다."

"그래요? 그럼 저는 차를 한잔 마시겠습니다."

당연하다는 듯 지연이 전기포트에 물을 끓였다.

"은주 씨는 무슨 일을 해야 하는지 알고 오셨습니까?"

"졸업작품을 도와주면 된다고 들었어요."

"어떤 작품인지 충분히 설명드렸겠지, 지연 씨?"

"들었습니다."

장성수의 앞에 찻잔을 내려놓는 지연의 얼굴이 굳는 것을 본 은주가 대신 대답했다.

"제가 도움이 된다면 열심히 해보겠습니다."

"그래요? 지연 씨랑 아주 각별한가 보군요."

"은주는 잘할 거예요. 걱정 안 하셔도 됩니다."

"무슨 일을 하신다고 했죠?"

"은주는 작가예요, 교수님."

"무슨 작가?"

"영화 시나리오 써요. 재능이 많은 친구예요."

은주는 장성수가 자신을 훑어보는 시선을 느꼈다. 저도 모르게 고개를 숙였기 때문에 그의 표정까지는 알 수 없었다.

*

은주는 에이미디어의 모든 기자들이 공용으로 쓰는 메일함에서 장성수의 이름을 검색했다. 통신사에서 보낸 부고 외에도 몇 건의 보도자료가 더 있었다. 가장 최근 메일을 열어 첨부파일을 다운로드했다.

　　젊은 예술가들의 모임인 '새 시대를 여는 아티
스트협회'에서 장성수 작가의 추모전을 연다. 뉴욕에서
전염병으로 사망한 장성수 작가의 생전 활동들을 소개
하고 그가 국내외 예술계에 끼친 영향을 조명하는 자리
가 될 것이라고 주최 측은 밝혔다. 추모전은 내달부터
그가 전임교수로 재직했던 K대 캠퍼스에서 진행되며,
온라인으로도 만나볼 수 있다. 한편 누리꾼들은 그의
갑작스러운 부고에 조의를 표하며 훌륭한 예술가의 이
른 죽음에 안타까움을 감추지 못했다. 사회관계망 서비
스(SNS)에는 애도의 물결이 이어지고 있다.

　　　　　　　　　　　코리아에브리데이 심은주 기자

　　은주가 퇴근을 하고 지연을 만나기 위해 약속
장소에 도착했을 때는 벌써 저녁 8시였다. 전염병이 돌
기 전에는 한밤중에도 대낮처럼 환하게 밝던 광화문 사
거리였는데, 이제는 불 꺼진 빌딩들이 검은 비석처럼
늘어서 있었다.

　　지연은 세종문화회관 입구 계단에 앉아 있었다.

눈에 띄게 수척한 모습이었다. 서로 마스크를 쓰고 있어서인지 은주가 온 것을 알아채지 못하고 멍하니 어딘가를 응시하고 있었다. 무릎 위에 가지런히 올려놓은 두 손은 뼈마디가 도드라졌고, 원래도 호리호리한 편이던 몸이 금방이라도 부러질 나뭇가지처럼 말라 있었다. 만나면 그렇게 하고 싶은 말이 뭔지 들어나 보자고 차갑게 쏘아붙일 생각이었는데, 지연의 상한 모습을 보자 은주는 마음이 약해졌다.

"어디 아프기라도 한 거야?"

"왔어?"

"무슨 일인데?"

"도와줄 거니?"

"무슨 일인지 듣고."

지연은 한동안 말이 없었다. 은주는 망설였다. 걱정 말고 이야기해보라고, 언니 부탁이라면 다 들어주겠다고, 그렇게 말하고 싶은 마음이 전혀 없는 것은 아니었다. 어리석게도, 그랬다. 그런 스스로를 애써 막고 있는 중이었다. 원망도 분명 있었으니까. 우선은 사과를 받고 싶었다.

주변의 카페도 식당도 취식 외에 불필요한 대화

는 삼가달라는 안내문이 붙어 있었다. 그마저도 전염병 방역을 위한 행정명령 때문에 9시가 되면 문을 닫아야 했다. 둘은 하는 수 없이 걸었다.

지연과 나란히 걷고 있으니 은주는 지연과 함께 광화문에서 종로를 거쳐 동대문까지 걸어갔던 일이 떠올랐다. 그때 은주는 스무 살이었고 서울에 있는 대학에 합격하기 전까진 한 번도 서울에 와본 적이 없었다. 은주에게 서울은 드라마 속에, 뉴스 속에 있는 도시였고 서울의 지리는 지하철 노선도에서 배운 것이 전부였다. 그래서 망설임 없이 방향을 정하고 길을 걷는 지연이 대단해 보였다. 종로3가쯤에서 둘은 손을 잡았었다.

그때와는 달리 시청 방향으로 걷다가 횡단보도 앞에 멈춰 섰을 때, 지연이 말했다.

"네가 쓴 기사들 말이야."

"기사?"

예상하지 못한 화제였다.

"그런 대접을 받을 만한 사람은 아닌데. 너도 알지? 참 정들이 많아. 죽었다고 하니까 잘 알지도 못하던 사람들까지 칭찬을 해대고."

"지금 장성수 얘기하는 거야?"

"추모전이니, 공로상이니, 다 말도 안 되는 거잖아. 은주야, 너는 알잖아. 그런데 어떻게 그런 기사를 쓸 수가 있어. 나만 억울한 거 아니잖아. 따지고 보면 네가 더 억울한 건데."

은주는 지연의 말을 이해할 수 없었다. 장성수와는 그날, 지연과 함께 만난 것이 처음이자 마지막이었다. 은주가 그에 대해 아는 것은 기사를 쓰기 위해 참고한 보도자료 속 내용들뿐이었다. 그런데 지연은 자꾸만 은주가 그를 잘 아는 것처럼 말하고 있었다.

"억울하다니? 내가 왜?"

"너…… 몰랐니?"

지연이 은주에게 자신의 휴대전화를 건넸다. 동영상 파일의 재생 버튼을 누르자 은주가 너무나 잘 알고 있는, 그러나 처음 보는 영상이 재생되었다.

"이게…… 뭐야?"

"〈점멸 8〉."

"장성수 작품?"

"그리고 내 졸업작품."

아니, 그럴 리가. 그럴 수는 없었다. 은주는 계속 영상을 되돌려봤다.

"그래, 맞아. 네 시나리오."

*

"은주 씨가 쓴 시나리오가 궁금하네요. 주로 어떤 걸 쓰나요?"

"소재를 말씀하시는 건가요?"

"그보다는 좀 더 종합적으로요."

"글쎄요."

"나도 영화 좋아해요. 자주 봐. 영감을 얻기도 하고. 물론 잘 만든 영화에 한해서죠. 은주 씨는 예술적인 걸 쓰나요? 독립영화 그런 거? 아니면 상업영화? 성공하고 싶어요? 그럼 좀 재미있게 쓰나?"

"제가 대답을 해야 하나요?"

"창작하는 사람은 작품으로 그 사람을 알 수 있는 거잖아요? 은주 씨가 어떤 사람인지 알아야 같이 작업할 수 있을 것 같은데. 난 모르는 사람하고는 작업 안 하거든."

은주는 당장이라도 자리를 박차고 나가고 싶었다. 장성수의 말은 무례했고, 불쾌했다. 하지만 그보다 더 참을 수 없는 건 장성수의 옆에 서서 그저 웃고 있는 지연이었다.

"그래서 말인데, 은주 씨가 쓴 시나리오, 읽어볼 수는 없겠죠?"

장성수의 목소리엔 웃음기가 배어 있었다. 농담 처럼. 하지만 그의 얼굴은 웃고 있지 않았다. 은주는 말도 안 되는 소리라고 화를 내려고 했다. 그에게 시나리오를 보여줄 의무도 필요도 없었다. 그저 지연을 도와주고 싶었을 뿐인데, 그러기 위해선 장성수의 평가를 받아야 한단 말인가.

은주는 시간이 흐른 뒤에도 그날, 그 순간을 반추하면서 오래 괴로워했다. 좀 더 일찍 자리를 박차고 나가지 않았던 것을, 장성수에게 사과를 요구하지 못했던 것을, 지연의 부탁을 거절할 수 없었던 것을. 그때는 미처 떠오르지 않았던 말들이 꿈까지 따라 들어오기도 했다. 은주를 특히나 힘들게 하는 건 은주가 직접 장성수에게 자신이 쓴 시나리오를 건넸다는 사실이었다.

"은주야, 그거 교수님 보여드리면 되겠다. 나한 테 메일로 보냈던 거."

은주는 지연의 손에 이끌려 장성수의 책상으로

갔다. 장성수의 의자에 앉아 장성수의 컴퓨터로 인터넷에 접속했다. 메일함에서 지연에게 보냈던 메일을 찾았다. '언니에게, 완성하자마자 보내. 언니에게 제일 먼저 보여주고 싶었어.' 첨부파일을 다운로드하고 파일을 열어 출력 버튼을 눌렀다. 장성수의 책상 위에 놓인 프린터기에서 은주의 시나리오가 출력되어 나왔다. 은주는 출력된 시나리오를 들고 장성수에게로 갔다. 그리고 그에게 건넸다. 그 모든 일을 은주가 직접 했다. 그래야만 할 것 같았다. 학교 일은 다 교수님 허락을 받아야 한다던 지연의 말을 확인시켜주는 듯한 장성수의 태도 때문이었다. 그는 자신이 원하는 것이 당연히 이루어질 거라는 확신에 차 있었다.

    장성수가 은주의 시나리오를 읽는 동안, 지연은 은주의 옆에 서 있었다. 은주의 어깨에 손을 얹은 채로, 가만히. 그건 은주를 다독이려 했거나 혹은 고마움을 전하려는 행동이었을 것이다. 아니, 그래야만 했다. 그렇게 믿고 싶었다. 하지만 은주에게는 지연이 자신을 도망가지 못하게 붙들고 있는 것처럼 느껴졌다. 울고 싶었다. 30분도 채 되지 않은 시간 동안 은주의 마음은 충분히 지옥이었다. 그때 느낀 감정이 모멸감이라는 걸

몇 번의 악몽 끝에 알게 되었다.

　　"은주 씨는 보기보다 순진한 구석이 있네. 글이 아주 착해. 정의 같은 걸 믿나 봐요? 좋지, 젊을 때는. 하지만 프로가 되려면 좀 약아야 하는 거 알죠? 지연 씨랑 같이 작업하면서 그런 걸 좀 배워요. 지연 씨가 알려줄 게 많겠어, 안 그래?"

*

　　"네가 알고 있는 줄 알았어. 그래서 나에게 화가 난 줄 알았어. 그런데 나도 너한테 속상했어. 네가 쓴 시 나리오긴 하지만 그건 우리 얘기였잖아."

　　장성수의 연구실에서 나온 뒤 은주는 지연과 함께 기숙사로 가지 않았다. 붙잡는 지연을 뿌리치고 반대 방향으로 달렸다. 한참을 달리다가 아무 데나 주저앉았고, 소리 내서 울었다. 무슨 일이 일어난 건지 정확히 알 수 없었지만 오래도록 잊지 못하게 되리라는 것만은 알았다. 시간이 흘러 진정이 된 뒤에는 장성수에 대한 분노보다 지연에 대한 원망이 더 크게 남았다. 장성수에게 이런 취급을 받게 한 지연이 미웠다. 당연히 사과를 하러 와야만 한다고 생각했다. 그래서 어두워질 때까지 K대 캠퍼스 안을 떠나지 않고 있었다.

그때 지연은 장성수의 호출을 받고 연구실로 돌아갔다고 했다. 장성수는 은주의 시나리오를 다시 읽고 있었다.

"지연 씨, 지금 보니까 이 부분은 지연 씨 작품에 도움이 되는 장면인 거 같아. 아이디어가 쓸 만해. 은주 씨하고 상의를 좀 해봐요."

"상의라뇨?"

"무슨 얘긴지 정말 모르겠어?"

지연은 대답하지 않았다. 그 시나리오는 은주가 오래도록 준비한 것이었고, 공모전에 투고하려는 작품이었다. 장성수는 지연을 그대로 세워두었다. 나가도 좋다고 하지 않아서, 지연은 그저 가만히 서 있었다. 장성수가 전화통화를 하고, 이메일을 쓰고, 책을 읽고, 동료 교수와 밥을 먹고 돌아오는 동안에도. 다시 돌아와 짐을 챙겨 불을 끄고 연구실을 나가 문을 잠글 때까지도. 지연은 거기 있었다.

그 뒤로 지연이 어떤 작품을 가져가도 장성수는 승인하지 않았다. 이유는 없었다. 그냥, 승인하지 않

왔다. 지도교수의 승인이 없이는 졸업작품을 제출할 수
없었다. 지연은 지쳐갔다.

"네 시나리오긴 하지만 그거 우리 얘기 맞잖아.
그러니까 나한테도 자격이 있는 거잖아."

"그래, 그렇다고 쳐. 근데 그게 왜 또 장성수 작
품이 되어 있는데?"

"교수님 작품 중에 진짜 교수님 작품은 하나도
없어. 은주야, 네가 나 좀 도와줘."

"뭘 도와달라는 거야?"

"너 기자잖아. 진실을 밝혀줘."

은주는 헛웃음이 나왔다. 진실이라니. 은주가 무
슨 수로 그런 걸 밝힌단 말인가. 보도자료를 그저 베껴
쓰기만 하는 기사도 국장의 승인 없이는 내보내지 못하
는데. 하지만 그런 말을 지연에게 하고 싶진 않았다.

"다른 기자들도 많잖아. 왜 하필 나야."

"죽어버렸잖아. 증거가 없어. 다들 그냥 덮어두
고 싶어 해. 근데 너는 알잖아, 은주야."

어느새 둘은 시청을 지나 서울역 방향으로 걷고
있었다.

"언니, 왜 이제야 진실을 밝히고 싶은 거야?"

"뭐?"

"장성수가 살아 있을 때는 가만히 있다가 왜 죽고 나서 이러느냐고."

지연이 우뚝 멈춰 섰다. 마스크를 쓰고 있어서 표정을 알 수 없었다.

"언니도 지금까지 덮어뒀잖아. 근데 왜 이제 와서 밝히고 싶어졌냐고."

"잘못된 일은 잘못된 일이니까 이제라도 바로잡아야지."

"이젠 장성수한테 도움받을 일이 없어서 그런 건 아니고?"

은주는 지연의 눈을 똑바로 바라보았다. 하지만 지연의 눈에 떠오른 감정이 무엇인지 읽을 수는 없었다.

"그래, 생각해보니까 너무 억울하더라. 억울해서 죽겠더라."

눈물을 흘리는 지연을 보면서 은주는 지연을 향한 안쓰러운 마음이 오히려 사라지는 것을 느꼈다. 지연이 진정될 때까지 기다렸다가 같이 남산까지 걸었다. 가는 동안 '폐업'이나 '임대'라고 써 붙인 불 꺼진 점포들이 많이 보였다.

　　은주는 지연과 헤어지고 곧장 사무실로 향했다. 기사의 발행은 물론 수정과 삭제도 모두 기사작성시스템이 설치된 지정된 기기에서만 가능했다. 은주는 자신의 것뿐만 아니라 사무실의 노트북을 전부 켰다. 그리고 프로그램이 실행되자마자 '지난 기사' 목록에서 장성수에 대한 기사를 찾아 모두 지웠다. 자리를 옮겨가며 모든 기사를 다 지웠다. 기사 삭제는 작성한 기자의 아이디로 접속하면 국장의 승인 없이도 가능했다.

　　며칠 뒤, 지연에게서 다시 메시지가 왔다.

　　─은주야, 기사 지웠더라. 고마워.

　　─언니를 위해서 그런 거 아냐.

　　─나를 위해서 말고 다른 억울한 사람을 위해서라면 어때.

　　지연은 장성수의 유고작으로 알려진 '낙차' 역시도 대학원생의 작품을 가로챈 것이라고 했다. 그 작품의 원래 주인인 대학원생 A를 인터뷰해서 기사를 내달라고 했다. 은주는 이번에도 자신은 그런 기자가 아니라고, 그런 건 할 수 없다고 말하지 못했다. 얼떨결에

A와 통화를 할 약속 시각을 정하고 말았다.

"심은주 기자님 맞으세요?"

"네, 코리아에브리데이 심은주입니다."

"어디시라고요?"

은주는 신문사 이름을 몇 번 반복해서 말하다가, 인터넷신문사예요, 하고 덧붙였다. 그제야 상대방은 납득한 듯이 아아, 하고 말을 이었다.

"최지연 선생님한테서 뭐라고 들으셨는지 몰라도 저는 아무 생각 없습니다."

"네?"

"아무것도 할 생각이 없다고요."

한숨 소리가 들렸다.

"어차피 그분은…… 혹시 녹음하고 계신 건 아니죠?"

"네, 아닙니다."

"흔한 일이잖아요. 그리고 그분은 이젠……."

A는 지연이 하도 부탁을 해서 전화를 걸긴 했지만, 고발을 생각하고 있지는 않다고 했다. 교수에게 이용당한 흔한 대학원생 중 하나가 되는 것보다는 안타깝게 죽은 예술가의 마지막 제자가 되는 편이 더 나은 게

아니냐고.

　　"저야 여기 들어온 지 얼마 안 됐지만, 최 선생님은 그동안 오래 참으셨는데. 이렇게 돼서 정말 유감이네요."

　　A는 자신은 추모전을 준비하는 일을 돕고 있으며, 이후의 거취도 정해졌다고 덧붙였다. 은주는 A와 전화를 끊고 나서야 그가 장성수의 이름을 한 번도 입에 올리지 않았다는 걸 알았다.

　　달의 마지막 출근일인 금요일, 은주는 일찍부터 사무실에 나와 있었다. 불도 켜지 않고서, 책상에 가만히 앉아, 노트북 모니터를 노려보며 자신이 하려는 일과 그 이후에 대해 생각하고 있었다.

　　아마 회사에서 잘릴 것이다. 다시 직장을 구하기는 어려울 테고, 생활은 힘들어질 거고, 오늘을 후회할 것이다. 그렇게 은주가 겪을 곤란들과는 상관없이 은주가 한 일은 아무런 파장도 일으키지 못하고 묻힐 수도 있다. 그럼에도 불구하고, 왜, 하려고 하는가.

　　기사작성시스템에 새로운 메일이 도착했다는 알림이 떴다. 정부에서 보낸 보도자료였다. 은주는 숫자를 확인하고 기사작성 창을 켰다.

　　확진자 상승세 걷잡을 수 없어…… 수도권 전역
봉쇄 불가피…….

　　헤드라인을 적고 은주는 잠시 망설였다. 지금부
터 하려는 일은 분명 지연을 위해서는, 오직 지연만을
돕기 위해서는 아니었다. 은주 자신을 위한 일이라고
도 할 수 없었다. 그저, 녹음하고 계신 건 아니냐고 묻던
A의 목소리가 잊히지 않았고, 불 꺼진 연구실에 우두커
니 서 있었던 사람이 지연뿐만은 아닐 것이라는 생각이
머릿속을 떠나지 않았다. 그리고 그때마다, 장성수의
목소리가 함께 떠올랐다.
　　정의 같은 걸 믿나 봐요?
　　은주는 다시 키보드를 두드렸다.

　　방역 당국은 전날 전염병 확진자 수가 또다시
사상 최다를 경신함에 따라 수도권 전역에 대한 봉쇄
조치가 불가피할 수 있다고 밝혔다. 전국에서 확산세가
잦아들고 있지 않는 가운데 최후의 조치를 취할 수도

있음을 시사한 것이다. 국내는 물론 전 세계를 강타한 전염병의 해외 상황도 좋지 않다. 미국의 대도시인 뉴욕에서 전염병으로 사망한 비디오아티스트 장성수 작가는 유가족의 동의하에 현지에서 장례를 치르고 유해 역시 현지에서 방역 절차에 따라 처리되었다고 전해지기도 했다. 장성수 작가는 K대 교수로 재직 중이었으며, 그의 대표작 '점멸' 시리즈와 유고작인 '낙차' 시리즈 모두 제자인 대학원생들의 작품을 갈취하여 자신의 이름으로 발표한 것으로 알려져 충격을 주고 있다. 특히 〈점멸 8〉의 경우 시나리오 작가 심은주 씨의 시나리오를 대학원생이 표절한 작품을 도용한 것이기도 하다. 그가 도용한 작품들은 K대에서 내달부터 진행될 추모전에서 대중에게 공개된다. 하지만 수도권 봉쇄 조치가 취해질 경우 이러한 전시회 등의 문화예술행사도 전면 취소될 예정이다. 사적인 모임은 물론 가족 간의 만남도 불가피한 경우가 아니면 불가하다. 전염병이 사람 간의 전파로 번지는 만큼 이러한 조치가 효과를 볼 수 있을 것이라는 전망도 있지만 큰 피해를 우려하는 목소리도 높다.

심은주 기자

입력 완료 버튼을 누르자 곧 기사가 승인되었다.

은주는 사무실 안을 돌며 헤드라인을 조금씩 바꿔 똑같은 기사를 입력했다. 기사들이 줄줄이 승인되는 동안 은주의 마음에서는 점차 불안이 사라졌다. 업데이트와 팀플레이, 이번엔 모든 기자의 이름이 자신의 것이었다.

우산의 내력

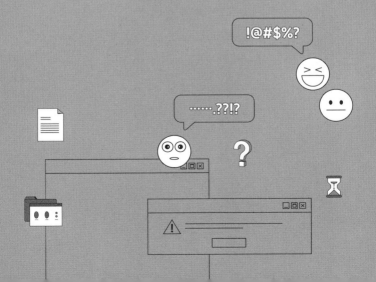

그런 날이 있다. 아니라는 걸 알면서도 잘못된 선택을 하게 되는 날. 눈도 다 뜨지 못한 채로 알람을 끄고 나서, 몸을 일으키는 대신 그대로 돌아눕고야 마는 날이. 그런 날엔 꼬리를 물듯 줄줄이 해서는 안 되는 결정들이 이어졌다. 이미 회사에 도착해 사원증을 출퇴근 기록기에 가져다 댔어야 할 시각에 눈을 떴다면, 긴 머리를 감고 말리기보다는 질끈 묶어야 할 것이다. 그 회사가 서울에서도 강남 테헤란로에 있다면, 택시를 잡는 것보단 지하철역을 향해 뛰어야 한다. 당연히 구두 대신 운동화를 신고, 치마보다는 바지를 입고. 그랬어야

한다는 걸 신호등 하나를 통과하지 못하고 세 번째 정
지신호에 걸려 정차한 택시 안에서 올이 나간 스타킹을
바라보면서 깨닫는 일 같은 건, 없어야 한다. 그래야 한
다는 걸 누가 모를까.

그러니 지금 채 말리지 못한 축축한 머리카락으
로 자신의 앞에 서 있는 지우를 이해해야 한다고 희진
은 생각한다. 알았겠지. 알면서도 어쩌다 보니, 정신을
차려보니, 이미 이렇게 되어버린 거겠지.

"지우 씨, 회의 준비는 다 했어?"

"그럼요, 대리님! 제가 그건 어제 퇴근하기 전에
다……."

자신만만하던 지우의 목소리가 점점 작아졌다.
희진은 알고 있다. 지우가 어제 퇴근하기 전, 정확히 말
하면 자정이 지나 오늘 새벽에 퇴근하기 전까지 회의 자
료를 출력하던 도중에 사무실 프린터가 '잉크 부족'이
라는 메시지와 함께 멈춰버렸다는 사실을. 비품실에서
여분의 잉크 카트리지를 찾다가 실패하고 주변의 24시
간 출력소를 검색했지만 그조차도 찾지 못했다는 걸.

지우는 더 할 수 있는 일이 없어서 우선은 퇴근
을 하기로 했다. 출근 전에 어디든 일찍 문을 여는 출력

소를 찾아 출력을 해야지, 아니면 잉크 카트리지를 구매하든지. 그런 생각을 하며 새벽까지 운행하는 심야 버스를 타고 집으로 갔다. 첫차와 별 차이도 나지 않는 시각에 도로를 달리는 심야 버스에는 생각보다 승객이 많아 자리에 앉지 못하고 손잡이를 잡고 서서 가야만 했다. 당장이라도 침대에 쓰러지고 싶을 정도로 피곤했지만 출근할 때 입을 옷을 미리 골라 잘 보이는 곳에 걸어두고, 세수를 하고 난 뒤엔 로션까지 꼼꼼하게 챙겨 바른 다음, 평소보다 이른 시각으로 알람을 맞추고 잠들었다. 그리고 몇 시간 뒤, 눈도 다 뜨지 못한 채로 알람을 끄고 나서 몸을 일으키는 대신 그대로 돌아누웠고, 이미 사무실에 도착했어야 하는 시각에야 불현듯 불길한 기운을 느끼며 벌떡 일어났고, 머리를 말릴 시간이 부족하리라는 걸 알면서도 샤워기를 정수리에 가져다 대고 물을 틀었고⋯⋯.

그러니까, 회의 자료는 출력해야 하는 열다섯 부 중에서 다섯 부와 4분의 1부만이 출력된 상태였다. 그나마 다섯 부도 제본이 되어 있지 않은 채로, 지우의 책상 위에 널브러져 있었다.

"지우 씨! 울지 마!"

희진은 기합이라도 넣는 것처럼 말하며 지우의 어깨에 손을 올렸다. 지우가 금세 차오른 눈물을 다시 몸속으로 집어넣으려는 듯 천장을 향해 고개를 들고 제자리에서 동동동 발을 굴렀다. 그건 참 귀엽고도 한숨이 나오는 모습이었다. 그래서 희진은 일단 한숨을 한번 쉬고, 이 안쓰러운 인턴사원에게 필요한 것을 주기로 했다.

"울지 않아도 돼. 회의가 2시에서 5시로 미뤄졌어. 그리고 내가 오전에 관리실에 얘기해서 점심때 잉크 카트리지 교환하는 분이 오실 거야. 그러니까……."

"대리님!"

으앙, 하고 아이처럼 얼굴을 찡그리며 지우가 희진의 손을 덥석 잡았다. 지구로 돌진하는 혜성을 막아낸 슈퍼히어로를 보는 것 같은 눈빛으로. 그 모습을 다른 사람이 보지 않아서 다행이라고 희진은 생각했다.

제법 규모가 있는 광고 대행사인 레너드 에이전시는 빌딩 다섯 개 층에 자리 잡고 있었고 덕분에 팀별로 개별 사무실을 썼다. 희진과 지우가 속한 기획 6팀은 팀장을 포함해 여덟 명이었는데, 연차휴가를 쓴 한 명을 뺀 나머지 팀원들은 모두 경쟁 PT가 있어 자리를

비웠다. 예상했던 것보다 PT가 길어질 예정이라 2시에
잡혀 있던 회의가 5시로 미뤄진 것이다. 회의 준비는 팀
의 막내가 하는 것이 기획 6팀의 관례였고, 희진도 막
내 시절 하던 일이었다. 회의 준비가 되어 있지 않으면
길길이 날뛰곤 하는 팀장이 지우에게 외모부터 학력까
지 고루고루 차별적인 폭언을 하지 않게 된 것은 정말
다행이었다. 게다가 지우는 곧 인턴 기간이 끝나고 팀
원들의 평가를 통해 정규직 전환이 되느냐 그대로 계약
종료로 퇴사하느냐의 기로에 서 있었다.

　"대리님! 제가 이 은혜를 어떻게 갚죠? 어떻게 해
야 하죠? 제가 맛있는 식사를 대접하겠습니다. 뭘 드시
고 싶으세요, 네?"

　숨도 쉬지 않고 말하는 지우에게 희진은 진정하
라는 손짓을 보냈다.

　"일단, 우리 커피나 한잔할까? 내가 살게. 나 기
프티콘 많아."

　수요일 오전 11시의 테헤란로. 초겨울의 공기는
차갑고도 맑았고, 도로 양편으로 늘어선 고층 빌딩들의
유리창이 은빛으로 반짝였다. 희진은 이 거리의 커다란

보도블록을 밟으며 걷는 것이 좋았다. 게다가 목에는 사원증을 걸고, 자신을 상사로 대하는 사람과 함께, 업무 시간에 사무실을 나와 스타벅스에 간다는 사실이 희진의 마음을 충만하게 했다.

"난 아이스 바닐라 라테. 지우 씨는 뭐 마실래?"

"저는 토피넛 팝콘 트리 프라푸치노 그란데요!"

"뭐?"

예상치 못한 긴 이름에 희진은 저도 모르게 퉁명스럽게 되물었다. 그리고 지우가 눈을 동그랗게 뜨고 메뉴 이름을 다시 한번 말하고, 그란데, 라고 사이즈도 정확하게 짚은 다음, 손가락을 뻗어 가리킨 곳을 보았다. 크리스마스 시즌 음료 안내판이었다. 토피넛 라떼를 얼음과 함께 갈아낸 프라푸치노 위에 풍성한 휘핑크림이 올라가 있고 알록달록한 캐러멜 팝콘이 장식되어 있었다.

"저는 시즌 음료는 꼭 마셔보거든요."

"그렇구나."

벌써 크리스마스 시즌이네요, 대리님은 크리스마스에 선약 있으세요? 이런 걸 여쭤보는 건 아무래도 실례겠죠? 저는 크리스마스에는 매년 초등학교 동창들이랑 모여서 파티를 했는데, 올해는 결혼한 친구도 있어서 어려울 것 같아요, 그리고 보니 대리님은 항상 아이스 음료를 드시네요, 저도 얼어 죽더라도 아이스 마시는 파거든요……. 종알종알 떠드는 지우에게 적당히 맞장구를 쳐주다가 이제는 정말 버틸 수 없다 싶을 때쯤 희진이 주문할 차례가 됐다. 희진은 반드시 아이스 음료를 마시는 편은 아니었고, 막상 얼음이 든 컵을 들고 사무실로 돌아가는 길을 걸을 생각을 하니 오소소 소름이 돋는 것 같기도 해서 뜨거운 바닐라 라테와 지우의 음료를 주문했다.

"죄송하지만, 토피넛 팝콘 트리 프라푸치노는 오늘 주문이 마감되었습니다. 팝콘이 다 떨어져서요. 혹시 팝콘 빼고 주문하시면 가능하신데, 어떻게 하시겠어요?"

희진이 고개를 끄덕이려는데 지우가 다급하게 말했다.

"팝콘이 없으면 토피넛 팝콘 트리 프라푸치노가 아닌데요!"

그리고 잠깐의 정적.

희진은 지우가 음료 주문을 바꿀 생각이 없다는

걸 알았다.

"주문 취소할게요."

희진은 풀 죽은 지우에게 다정하게 말했다.

"다른 스타벅스 가보자."

테헤란로엔 한 블록에 하나씩은 스타벅스가 있
었다. 어떤 블록에는 모퉁이마다 네 곳의 스타벅스가
있기도 했다. 그 점도 희진이 이곳을 좋아하는 이유였
다. 무엇이든 부족하기보다는 넘쳐흐를 정도로 과하기
로 결정한 이 거리의 풍요로운 얼굴이 희진은 마음에
들었다. 물러설 데 없는 절박한 선택지란 없는 곳. 여기
가 아니면 저기로 가자고 할 수 있는 곳. 뭐든 그렇게
대체할 수 있을 것 같은 기분이 드는 곳. 이왕 이렇게
된 거 테이크아웃을 해서 사무실로 돌아가는 대신 잠깐
앉아서 마시고 그대로 점심 식사까지 하고 들어가는 게
나을 것 같았다. 까짓것, 크리스마스 음료, 먹게 해준다.

희진과 지우는 세 번째로 들른 스타벅스에서 토
피넛 팝콘 트리 프라푸치노를 주문할 수 있었다. 음료
가 나오자 지우는 빨대를 꽂기 전에 다섯 장, 빨대를 꽂
고 나서 세 장의 사진을 찍었다. 희진이 음료를 들고 있
는 모습을 찍어줄까 물었더니 사양하지 않고 단박에 고

개를 끄덕였다.

"대리님은 이 회사에서 얼마나 일하셨어요?"

"5년."

"와, 5년이나 같은 회사를 다니면 기분이 어떠세요? 전 초등학교 때 이후로는 같은 곳을 그렇게 길게 오간 적이 없어서."

"좋아. 나쁘지 않아."

"너무 멋져요. 정말 어른 같다고 할까. 저도 대리님처럼 될 수 있겠죠?"

지우는 정말 순수한 감탄으로 희진을 바라보았다. 나쁘지 않았다. 이런 시선을 받는 것. 좋다고도 할 수 있지. 아니, 좋다. 분명하게 좋다. 희진이 공채 신입사원으로 입사해 주임을 거쳐 대리가 되는 동안 희진과 함께한 인턴, 사원, 주임이 여럿 있었지만 지우처럼 말해주는 사람은 없었다.

"기분이다. 내가 점심도 살게. 뭐 먹을래?"

"미돌초밥이요!"

그 가게에 가려면 다시 회사 앞을 지나쳐 한참을 더 걸어가야 한다는 걸, 알고 하는 말이겠지? 어느새 12시가 다 되어 있었다. 그래, 이왕 가는 거 줄 생기기

전에 가자. 거기가 맛있긴 하잖아.

"그래, 가자."

"앗, 잠시만요!"

지우가 컵 바닥에 남은 음료를 마지막 한 방울까지 남김없이 빨대로 빨아들이는 동안 12시가 지나고 말았고, 걸음을 부지런히 재촉했지만 미돌초밥 앞엔 이미 긴 줄이 생겨 있었다. 점심시간에만 판매하는 특선 세트가 가격에 비해 푸짐한 구성으로 인기가 높기 때문이었다. 가게 안의 테이블 수를 생각했을 때 꽤 기다려야 할 것 같았다. 하지만 예상했던 바대로, 지우는 서비스로 제공되는 튀김을 새우와 채소 중에 무엇으로 고를까 깊은 고민에 빠져 있었다. 그 골똘한 얼굴 위로 서서히 그림자가 드리워졌다. 구름이 태양을 가리며 지나가고 있었다.

"오늘 비가 온다고 했었나?"

"안 되는데…… 우산 없는데…… 아, 맞다. 대리님 혹시 그 우산 아세요?"

"그 우산?"

"오늘 택시 기사님이 어쩐 일인지 건물 뒤쪽으로 내려주셔서 후문으로 들어왔는데, 흡연 구역 쪽에 옆 건물 사이 있잖아요. 지나다닐 수는 없는 거기에……."

"초록색 우산 말이지. 맥주 회사 로고 찍힌."

"어? 대리님도 아시네요?"

알다마다. 희진은 그 우산을 누구보다 잘 알았다.

희진은 대학을 졸업하고 입사한 첫 번째 회사에서 담배를 배웠다. 을지로에 있는 오래된 저층 빌딩 꼭대기 층에 사무실이 있었는데, 사수들은 틈만 나면 옥상에 올라가 담배를 피웠다. 광고 전단과 현수막을 만드는 회사였고, 인쇄도 겸하느라 사무실의 가장 넓은 자리를 중형 자동차만 한 인쇄기가 차지한 채 하루 종일 돌아가고 있었다. 잠깐이라도 그 소음과 진동에서 벗어나는 방법은 흡연자 무리에 끼어 옥상에 올라가는 것뿐이었다. 그 회사에서는 딱 1년만 채우고 퇴직금을 받아서 나왔다. 재취업을 위해 이력서를 쓰려고 책상 앞에 앉기만 하면 윙윙, 철컥, 윙윙, 철컥 환청이 들렸다. 그 핑계로 실업급여를 받으며 3개월을 쉬었다.

두 번째 회사는 구로디지털단지에 있었다. 기업의 사보를 만드는 회사였다. 희진은 개천에서 난 용, 호랑이에게 물려가도 정신을 바짝 차릴 호걸, 하룻밤에 산도 옮길 천하의 장사들을 만났다. 자수성가 이야기들은 디테일만 다를 뿐 대부분 비슷비슷한 줄기를 갖고 있어서 어떨 때는 이전에 쓴 인터뷰를 그대로 복사한 뒤에 단어 몇 개만 바꾸기도 했다. 아무것도 편집하지는 않지만 편집장이라고 불리는 상사 한 명과 기자라는 직함을 달고서 별다른 취재는 하지 않는 희진, 둘이서만 일했으므로 아주 고요하고 지루했다. 그곳에 2년을 있었다. 여러 회사들의 구내식당 음식 맛을 비교하는 것이 소소한 재미였고, 잠들기 전이 괴로운 나날이었다. 희진은 자신이 야망을 가진 사람이라는 걸 알게 됐다. 어제보다 나아진 내일을 원한다고, 그러기 위해서라면 오늘의 슬픔이나 아픔도 버틸 수 있다는 생각이 들었다. 사직서는 싱겁게 수리되었고, 바로 그날 밤에 레너드 에이전시의 신입사원 공채에 이력서를 보냈다. 첫 번째 회사의 이름도 두 번째 회사의 이름도 쓰지 않았다.

희진의 사수였던 양민지 주임은 희진보다 두 살이 어렸고, 지금은 회사의 에이스라고 할 수 있는 기획1팀으로 옮겨 과장 직함을 달고 있을 정도로 실력이 있었다. 하지만 뛰어난 업무 능력이 반드시 후배 양성에 도움이 되는 건 아니었다. 양민지가 희진에게 가장 많이 한 말은 "이해가 안 되네"였다.

"희진 씨, 이걸 왜 이렇게 했어요? 이해가 안 되네."

"아니, 아직도 그걸 하고 있어요? 이해가 안 되네."

"이해가 안 돼서 그러는데, 제 말이 어려워요?"

어려워도 너무 어려웠다. 희진에게는 양민지가 업무를 지시할 때 쓰는 업계의 용어들이 외계어처럼 들렸다. 희진은 궁금했다. '컴케'가 커뮤니케이션의 줄임말이라는 걸, '구다리 야마'가 어떤 부분의 핵심을 뜻하는 은어라는 걸 다른 사람들은 어디서 배워서 쓰는 걸까. 'ROS'가 시간 단위로 기록한 일정표라는 뜻의, 'TBA'가 추후 발표 예정이라는 뜻의 영어 약자라는 걸 양민지는 절대로 먼저 알려주지 않았고, 몇 번 질문을 했다가 "이걸 몰라요? 이해가 안 되네"라는 말을 들은 뒤로 희진도 양민지에게 더는 묻지 않았다. 일을 시작하기 전에 우선 양민지의 말을 번역하는 데에 시간이 걸렸으므로 희진은 거의 매일같이 야근을 했다.

그날도 그런 날 중에 하나였다. 사무실에 홀로 남아 일을 하고 있는데 갑자기 인터넷이 끊겼다. 컴퓨터와 공유기, 모뎀을 모두 껐다 켰다 해봐도 연결이 안 됐다. 당시 희진이 하는 일은 대부분 자료 조사였기에 더 이상은 회사에서 일을 할 수가 없었다. 희진은 집에 가서 해야겠다고 생각하며 회사의 공용 노트북을 챙겼다. 외부 미팅이나 PT를 갈 때 쓰는 고사양의 노트북이었다. 희진의 한 달 월급을 다 털어도 살 수 없는 것이어서 소중하게 품에 안고 사무실을 나섰다.

　　희진은 엘리베이터를 타고 내려가는 동안 택시를 호출했다. 아직 지하철도 버스도 다닐 시각이었지만 퇴근이 아니라 재택근무를 하러 가는 것이라고 생각하니 스스로에게 택시에서 잠깐 눈을 붙일 여유 정도는 선물하고 싶어졌다. 로비에 내려갔을 때에서야 호출 위치를 잘못 지정해서 택시가 정문이 아닌 후문 쪽으로, 그것도 옆 건물로 오고 있다는 걸 알았다. 그리고 비가 쏟아지고 있었다. 보도블록에 빗줄기 떨어지는 소리가 시끄러울 정도로 세찬 비였다.

　　택시기사에게서 전화가 걸려왔다.

　　"도착했는데요."

　　"아, 죄송해요. 제가 위치를 잘못 눌렀어요."

　　"뭐요?"

　　친절했던 택시기사의 목소리가 한순간에 험악해졌다. 그런 날이 있다. 아니라는 걸 알면서도 잘못된 선택을 하는 날이. 호출 취소 수수료를 내고 그 택시를 돌려보내는 방법도 있었다. 정문으로 나가면 바로 옆에 편의점이 있었고, 그곳에서 우산을 살 수 있었을 것이다. 그리고 다른 택시를 부르거나, 그냥 지하철을 타러 가도 되었을 텐데. 희진은 택시기사에게 죄송하다고, 금방 가겠다고, 잠깐만 기다려달라고 말했다. 그리고 후문으로 향했다. 예약 등을 켠 택시가 보였다. 뛰면 1분도 안 걸릴 거리였다. 하지만 비가 너무 많이 오는데, 혹시 노트북이 젖으면 어떡하지. 그래서 망가지기라도 하면…… 그때 그 우산이 생각난 것이다.

점심시간에 밥을 먹으러 가는 대신 혼자 담배를 피울 때 얼핏 보았던 건물 틈새의 버려진 우산. 건물에 짧은 처마가 있어 비를 맞지 않고 거기까지 갈 수 있을 것 같았다. 다행이다. 정말 다행이야. 희진은 종종걸음으로 그곳에 갔다. 저번에 본 그대로, 검은 장우산이 펼쳐져 있었다. 희진은 기뻐하며 손을 뻗어 우산 꼭지를 잡아당겼다.

이상하게도 저항이 있었다.

어라, 싶어 더 세게 당겼을 때 우산이 불쑥 솟아올랐다.

사람이었다.

그날 희진은 흠뻑 젖은 채로 택시를 탔고, 택시 기사가 시트가 젖는다며 운행 내내 투덜거렸지만 하나도 귀에 들어오지 않았다. 우산 아래에 사람이 있었다. 건물 틈새에 있는 버려진 우산 아래에, 비가 이렇게 쏟아지는 밤에, 사람이 있었다. 언제부터? 도대체 언제부터? 그 사람과 눈이 마주쳤고, 자신이 비명을 질렀고, 그 사람은 아무렇지 않게 다시 우산 아래로 몸을 낮췄다. 그 장면이 희진의 머릿속에서 계속 반복해서 재생되고 있었다.

노트북은 젖었지만 다행히 고장 나지 않았고, 희진은 밤새 일을 했다. 다음 날도 비가 내렸다. 어쩐 일인지 양민지가 희진이 건넨 파일을 퇴짜 없이 한 번에 받았고, 점심시간에는 함께 밥을 먹자고 제안하기까지 했다. 양민지가 맛집이라면서 코다리 요리를 파는 식당으로 희진을 안내했다. 그러고는 코다리찜도 코다리무침도 아닌 메밀국수와 메밀전병을 시켰다. 희진은 비도 오고 하니 국물이 있는 뜨끈한 음식을 먹고 싶었지만 메밀국수와 메뉴판 같은 칸에 있던 코다리냉면을 골랐다.

코다리냉면은 맛있었다. 매콤한 양념에 무친 코
다리가 제법 넉넉하게 들어 있었다. 맛집은 맛집이구
나. 희진은 고개를 끄덕이며 냉면을 먹었다. 먹는 동안
양민지와는 말 한마디 섞지 않았다. 그저 각자의 음식
을 열심히 먹을 뿐이었다. 이럴 거면 왜 같이 나오자고
한 건지. 하지만 차라리 잘됐다 싶기도 해서 애써 말을
붙이려고 애쓰진 않았다. 양민지는 네 개나 나온 메밀
전병을 희진에게 하나 먹어보라고 권하지도 않았다. 이
해가 안 되는 건 나도 마찬가지야. 희진은 그렇게 말해
주고 싶었다. 메밀국수 그릇을 향해 고개 숙인 양민지
의 정수리에 대고 몰래 혀라도 날름 내밀고 싶을 지경
이었다. 그때 식당 문을 열고 그 사람이 들어왔다.

우산 아래에 있던 사람.

그가 바로 그 검은 장우산을 착, 접어서 입구의
우산꽂이에 꽂았다. 그러고는 희진이 앉은 건너편 테이
블에 앉았다. 메뉴판도 보지 않고 코다리 정식을 시켰
다. 코다리 정식은 25000원인데! 그렇게 생각하고 희
진은 곧바로 자신이 부끄러워졌다. 무심코 떠올린 몇
가지 가정들이 알지 못하는 사람을 향하기엔 무례한 것
들뿐이어서. 얼른 코다리냉면에 집중하기 위해 고개를

숙였다. 하지만 자기도 모르게 그에게로 시선이 갔다.

　　그는 몸짓이 우아한 사람이었다. 냅킨을 뽑거나 물을 마시거나 숟가락을 들고 내릴 때마다 일정한 박자에 맞춘 동작처럼 기품이 느껴졌다. 볼이 불룩해지지 않을 만큼만 음식을 입에 넣었고, 그 뒤에는 입술을 꼭 붙인 채로 꼭꼭 씹었다. 젓가락을 빨거나 숟가락을 향해 고개를 기울이는 일도 없었다. 이따금 맛을 음미하는지 수저를 상 위에 올려둔 채 잠깐씩 눈을 감았다. 그러면서도 먹는 속도가 빨라서 금세 그릇들이 비어갔다.

　　"희진 씨는 천천히 드시는 편인가 봐요?"

　　어느새 메밀국수는 물론이고 메밀전병까지 싹 비운 양민지가 후식으로 나온 오미자차를 마시면서 말했다.

　　"천천히 먹는 게 건강에 좋대요."

　　그때 희진은 자신이 먹는 속도를 조절하는 이유가 저열한 호기심 때문이라는 것까지는 몰랐다. 그 사람이 계산대에서 계산하는 모습을 보고 싶어 한다는 걸, 분명 그때 어떤 곤란한 상황이 벌어지지 않을까 내심 기대하고 있다는 걸, 알지 못했다. 알았더라면 얼굴을 붉히며 자리에서 일어섰을 것이다. 잔뜩 남은 코다리나 얼음 띄운 오미자차 같은 건 신경 쓰지 않고 양민지의 몫까지 계산하고 가게를 나섰을 것이다. 그런 정도의 염치는 가진 사람으로 살고 싶으니까. 하지만 희진은 그때 스스로에 대해 잘 몰랐다. 자기 자신에 대해 항상 제때에 알 수 있는 것은 아니므로.

그래서 희진은 양민지가 휴대전화를 들여다보며 무언의 재촉을 하든 말든 젓가락을 최대한 천천히 움직였다. 그 사람이 식사를 마치고 자리에서 일어날 때까지.

계산대에는 대인원 단체 손님이 각자 자신의 음식을 계산하기 위해 카드를 들고 웅성웅성 모여 있었다. 그다음이 그 사람의 차례였고, 양민지가 그 뒤에 서 있었다. 계산서를 집으며 "제가 살게요"라고 양민지가 말했기 때문에 희진은 조금 떨어져서 서 있었다. 오미자차가 든 종이컵 끄트머리를 잘근잘근 씹으면서 카운터 쪽을 흘깃거렸다. 그러다가 본 것이다. 하나둘 계산을 마치고 밖으로 나가던 단체 손님의 무리 중 하나가 그 사람의 우산을 우산꽂이에서 뽑아 드는 것을.

"어?"

희진은 자기도 모르게 소리를 냈고, 계산대 근

처의 모두가, 딱 한 사람, 바로 그 사람만 빼고 모두 희
진에게로 고개를 돌렸다. 하지만 희진이 뭐라고 할 수
있을까. 지금 여기서. 그 우산은 이 사람 거라고, 내가
안다고, 왜냐하면 내가 그 우산 아래에 있는 이 사람을
봤으니까, 라고. 그렇게 말할 수 있을까? 그래도 될까?

　　희진이 망설이는 사이, 그 사람의 우산은 다른
사람이 쓰고 가버렸다. 그리고 그 사람이 계산할 차례
가 됐다. 그는 재킷 안주머니에서 지갑을 꺼내어 현금
으로 계산을 했다. 지폐는 깨끗했다. 직원을 대하는 태
도도 정중했다. 아, 하지만 그의 우산은 이미 다른 사람
이 가져갔고 그가 입은 말쑥한 재킷은 곧 볼품없이 젖
어버릴 것이다. 희진은 진심으로 안타까웠다. 그가 직
원이 건네는 영수증을 받아 소중하게 지갑에 넣은 뒤
우산꽂이에서 희진의 우산을 뽑아 들기 전까진.

　　어?

　　이번엔 소리가 입 밖으로 나오지 못했다. 그건
분명 희진의 우산이었다. 초록색 바탕에 맥주 회사의
로고가 빨갛게 찍힌, 마트에서 맥주 여덟 캔 꾸러미를
사고 사은품으로 받은 것이었다. 하지만 그가 들고 있
으니 어쩐지 그에게 더 잘 어울린다는 생각이 들었다.

미돌초밥 특선세트는 과연 구성이 알찼다. 지우가 붉은 살 생선을 별로 좋아하지 않는다며 참치초밥 두 개를 희진에게 주어서 더욱 배가 불렀다. 한 가지씩 골라서 나눠 먹은 새우튀김과 단호박튀김의 고소함과 바삭함에 대해 즐겁게 이야기하며 사무실에 돌아오니 프린터는 여전히 잉크 부족 메시지를 띄우고 있었다. 울상이 된 지우 대신 희진이 관리팀에 전화를 걸었지만 부재중이었다. 희진은 자신의 법인카드를 지우에게 내밀었다. 대리급 이상의 직원들에게 한 장씩 주어지는 법인카드. 그걸 지갑에서 꺼낼 때마다 희진은 금연하길 잘했다고 생각했다. 건강하게 오래 살고 싶었다.

"사거리에 있는 사무용품 매장 알죠? 거기에서 잉크 카트리지 팔아요. 사 오는 게 빠르겠어."

"제가요?"

그럼 누가……?

소리 내어 말하진 않았지만 충분히 뜻이 전해질 표정을 지었던 모양이다. 지우가 마지못한 티가 역력한 얼굴로 카드를 받아 들었다. "다녀오겠습니다" 하는 말이 길게 꼬리가 늘어졌다.

　　지우는 돌아올 시간이 되고도 남았을 텐데도 소식이 없었다. 도대체 어떻게 된 건가 전화를 해보려는데 그제야 창밖에 비가 쏟아지고 있는 것이 보였다. 정말 세찬 비였다.

　　언제부터 내리고 있었을까. 혹시 지우가 사무실을 빠져나가 엘리베이터를 타고 로비에 도착했을 때, 그때에도 비가 내리고 있었을까? 그래서 아침에 보았던 초록색 우산이, 건물과 건물 사이에 버려진 것처럼 보였던 그 우산이 떠오르지는 않았을까? 종종걸음으로 그곳에 다가가 손을 뻗어 우산 꼭지를 잡아당기고……누군가와 눈이 마주치고…… 비명을 지르고…… 그 뒤로 정신없이 달리기 시작한 건 아닐까. 그대로 어디로든 계속 달리고 달려서…….

　　그때 지우의 자리에 놓인 전화기의 벨이 울리기 시작했다. 아직 명함도 없어 내선으로밖에는 거는 사람이 없는 그 전화. 희진은 피식 웃음이 났다. 지우에게 좋은 사수가 되고 싶었다. 휴대전화 번호까진 아니어도 자신의 것과 끝자리 하나만 다른 사무실 직통번호를 외울 정도는 되는, 그런 사람.

에세이

쓰지 않는 일에 대해 쓰는 일

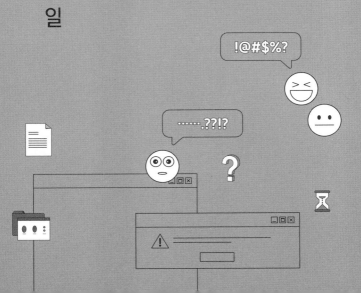

얼마 전, 한 도서관에서 주최한 강연에 참석했다. 진행을 맡은 사서 선생님께서 나를 소개할 문구를 미리 보여주셨는데 거기엔 꼼꼼한 자료 조사를 바탕으로 작성된 조금은 부끄러운 칭찬의 말들과 함께 "전업 작가가 되기 전까지는 여러 아르바이트를 했다"고 적혀 있었다. 그 문장은 여러모로 오류가 있어 정정을 부탁드렸다. 우선 나는 전업 작가가 아니고, 여러 아르바이트를 한 적은 있지만 지금은 일을 하고 있다고 말이다. '전업 작가가 되기 전까지'라는 표현에 대해서도 회의적이었지만 그 말은 차마 하지 않았다. 강연에 참석한 독자분들 앞에서 나는 "소설만 쓰지는 않고 일도 하는데 오늘은 휴가를 내고 왔다"고 인사했다.

이 글을 쓰기 위해 책상에 앉으니 그날이 떠올랐다. 글을 쓰려고 하면 언제나 그런 기억들이 재료가 된다. 정확한 이유는 알 수 없지만 뭔가 좀 '어라?' 했던 순간. 그날은 아르바이트가 아닌 일을 하고 있다고 굳이 짚었던 나의 말이 나를 '어라?' 하게 했다.

무심히 쓰던 말이 낯설게 느껴지면 그제야 사전을 찾아보곤 한다. 사전에 따르면 '아르바이트'라는 말은 직업이 아닌 임시로 하는 일을 뜻하며 독일어 Arbeit에서 왔다. 이어서 '직업'이라는 말을 찾아보면, 생계를 유지하기 위하여 자신의 적성과 능력에 따라 일정한 기간 동안 계속하여 종사하는 일이라고 한다. 둘 다 일을 뜻하는 말인데 차이라고 하면 적성과 능력의 유무, 계속과 임시라는 지속성의 문제……

스무 살부터 여러 일을 했다. 편의점에서 돈을 세고, 만화책대여점에서 바코드를 찍고, 호프집에서 맥주잔을 날랐다. 수만 장의 설문지에 적힌 숫자들을 엑셀에 입력했다. 전화를 받았고, 때로는 걸었다. 학생들을 앉혀두고 칠판 앞에 서기도 했다. 길거리에서 행인들을 향해 손을 뻗을 때도 있었다. 쉬지 않고 일을 한건 생계 때문이기도 했지만 마음의 문제이기도 했다. 나의 쓸모를 내가 만들고 싶었다. 그러다 보면 오히려 나를 돌보지 못하고 무리를 할 때도 있었는데 평일 낮과 밤, 주말 낮과 밤, 서로 다른 네 가지 일을 할 때는 틈만 나면 잠을 잤다. 버스정류장에서, 지하철에서, 화장실에서. 그러다 깨어서 다시 일을 하면 "안녕하세요"라고 해야 할 때 "어서오세요"라고 하는 일도 있었다. 아무한테나, 아무렇게나, 감사하다고 말했다.

그렇게 일을 하는 동안에도 나의 대외적인 신분은 대학생(혹은 휴학생)이었고, 한편으로는 소설가가 되고 싶은 지망생이었다. 그래서 나는 나의 일들을 아르바이트로 취급했다. 적성과 능력에 상관없이, 임시로 하는 일. 직업이라고 부르지 않는 일. 일인데 온전한 일이 아닌 듯한 일. 그런 일을 하고 있을 때는 같은 일을 하는 사람들과 어울리고 웃으면서 밥을 먹다가도 불현듯 내가 초라하게 느껴져서 긴 한숨이 나오곤 했다.

대학 졸업반이었던 4학년 마지막 학기에 공모전 당선 소식을 들었다. 부지런히 응모를 하고 낙방을 하던 시절에는 당선만 되면 새로운 막이 열리듯 소설가의 삶이라는 게 시작될 줄 알았지만 현실은 그렇지 않았다. 소설을 쓰는 건 혼자서도 할 수 있었지만, 소설가로서 일을 하는 건 내 의지만으로는 되지 않았다. 하릴없이 계절은 흘러갔고, 나는 학교 선배의 소개로 한 주간지의 교정교열 일을 하게 되었다.

곧 인쇄소로 가야 할 6포인트의 작은 글자들을 들여다보며 잘못된 부분을 찾다 보면 한글을 처음 배우는 것처럼 어리둥절해지는 때가 있었다. 눈으로 보고 있지만 읽을 수는 없는 글자들을 바라보다가 화장실을 가는 척 자리에서 일어났다. 비상계단에서 침침한 눈에 인공눈물을 넣고 스트레칭을 했다. 멀리 보자, 멀리 보자고 중얼거리면서 창밖을 바라봤다. 너무 멀어서 가짜처럼 느껴지는 사람들의 움직임을 보다가 소설로 쓰고 싶은 이야기가 떠오르면 어두운 거리에 반짝 불이 켜지는 것처럼 기뻤다.

그때 나는 전업 작가가 되고 싶었던가. 당장은 아니더라도 언젠가는 되고 싶다고 생각했을 것이다. 다른 일을 하지 않고, 그저 소설 쓰는 것만이 일이고 유일한 직업인 삶을 살고 싶다고 바랐을 것이다. 그것이 더 나은 삶인지는 몰라도 더 원하는 삶이라고 여기면서.

그로부터 10년쯤이 지나서 2021년, 나는 여전히 전업 작가가 아니고 쓰는 일이 아닌 다른 일을 '임시'가 아닌 상태로 하고 있다. 적성에 맞느냐고 하면 잘 맞다. 나름 능력도 있는 것 같다. 직업인으로서 사는 감각을 매일 또렷하게 느끼면서 살고 있다. 출근하고 퇴근하고 소설 쓰고 때로는 못 쓰면서 지냈더니 어느덧 시간이 이렇게나 흘렀다. 주 5일을 출근하면 1년에 200일이 넘는 시간. 내 생활의 대부분은 쓰지 않는 일과 쓰는 일, 두 직업의 교차였으므로 당연하게도 일하는 여성으로 살면서 일하는 여성들의 이야기를 썼다.

그중에서도 2020년 여름에 출간한 첫 소설집 『내 여자친구와 여자 친구들』(문학동네)에 실린 소설 「미션」이 이 책에 실린 세 편의 소설을 쓰는 계기가 되었다. 각자의 일터에서 고난을 겪는 '미경'과 '수아', 두 인물이 서로를 어떻게 의지하고 또 어째서 외면하게 되는지 쓰면서 내가 만난 수많은 동료들의 얼굴을 떠올렸다. 우리가 서로에게 보여주었던 얼굴 혹은 보여주고 싶지 않았지만 보일 수밖에 없었던 얼굴을.

'우리가 서로를 지킬 수 있다고 믿습니다.' 이 문장을 첫 소설집에 서명할 때 함께 적었다. 「미션」의 수아가 미경에게 했던 "어디서든 너도 꼭 너를 지켜. 그게 우리를 지키는 일이 될 거야"라는 말을 나도 믿는다. 하지만 믿는 것만으로는 막막한 순간이 있다. 우리는 어떻게 서로를 지킬 수 있을까. 그 질문에 대한 답을 찾고 싶어서 「언니의 일」「팀플레이」「우산의 내력」을 썼다.

아직 마스크를 쓰지 않고 거리를 걸을 수 있었던 어느 겨울에 일터의 동료들과 점심을 먹으러 가면서 지하보도를 걸었다. 어제 먹은 것이 아니면서 내일 먹을 것도 아닌 메뉴, 적당한 가격과 적당한 양이 보장되면서 줄을 서지 않고 곧바로 자리에 앉을 수 있는 식당에 대해 한참 열띤 의견 교환을 하는데 낯선 장면이 눈에 들어왔다. 누군가가 새하얀 레이스 양산을 쓰고서 지하보도 안을 걷고 있었던 것이다.

그곳은 햇빛이 들어올 리 만무한 공간인 데다가 그날은 바깥도 하늘이 잔뜩 흐려 양산이 필요하지 않은 날씨였다. 나는 부끄럽게도 맞은편에서 걸어와 나를 지나쳐 가는 사람을 고개까지 꺾어가며 쳐다보았다. 양산은 무심히 멀어져갔고 곧 시야에서 사라졌다. 나는 여전히 양옆의 동료들과 걸음을 맞춰 걷고 있었고, 점심 메뉴는 김치찌개 정식으로 결정되었다. 같이 나눠 먹을 돈가스를 하나 추가하자는 의견도 만장일치로 통과되었다.

식당까지 걸어가면서 기분이 참 이상했다. 지하 보도에서 누군가 펼쳐 든 양산 때문이 아니라 그 모습을 꼭 나만 본 것 같아서. 동료들은 아무도 그 이야기를 하지 않았다. 나란히 같이 걷던 사람이 고개까지 돌려서 어딘가를 바라보았다는 사실을 알아채지 못한 것 같았다. 어쩌면 그들도 보았을지 모른다. 그 양산과 양산을 바라본 나를. 봤지만 대수롭지 않게 여겼을 수도 있다. 그냥 그런가 보다 하고. 나는 그들에게 "아까 그거 봤어?"라고 묻지 않았다. 그냥 이상한 기분을 가진 채로 밥을 먹고, 커피를 사들고, 다시 돌아왔다. 앉아야 할 자리로.「우산의 내력」은 그날의 기억에서 시작됐다.

「언니의 일」은 전화를 잘못 걸었던 기억에서 출발했다. 내 휴대전화에 저장된 번호는 1000개에 가까운데, 그 대부분은 일 때문에 알게 된 사람들이다. 메모

란에는 소속과 직위, 가장 최근에 연락한 이유가 적혀 있다. 일로 만나 서로를 믿는 동료가 되고 운이 좋다면 친구가 되는 경우도 있지만 그건 아주 드문 일이고, 주말에 전화를 하는 일이 제발 없기를 바라는 사이가 보통이다. 그중에서도 특별히 어려운, 그러나 공교롭게도 나의 20년 지기 친구와 이름이 같은 누군가에게 나는 그만 전화를 걸어서 "야, 왜 안 와"라고 하고 말았다. 토요일 밤 9시였다. 세상에. 지금 다시 생각해도 정말 소름이 돋는다. 하지만 그때의 나는 내가 무슨 짓을 했는지 모른 채로 이미 약속 장소에 모여 있던 다른 친구들과 치킨을 먹으면서 재차 독촉을 했다. "빨리 안 오면 우리끼리 치킨 다 먹는다"고.

　　네? 무슨 소리세요. 전화 잘못 거신 거 같은데요. 네? 아이고, 죄송합니다. 정말 죄송합니다. 주말 밤에 제가 이 무슨 실례를…… 같은 대화가 이어졌어야 마땅한데 뜻밖에도 "알았어, 지금 주차하는 중!"이라는 경쾌한 대답과 함께 전화가 끊겼다. 주차라니, 내 친구는 차가 없는데…… 그제야 나는 내가 전화를 잘못 걸었다는 사실을 알았고 당황한 내 표정을 본 친구들은 내가 전화를 걸었어야 하는 친구에게 혹시 무슨 일이 생긴 건 아닌지 덩달아 놀라서 치킨을 씹는 걸 멈췄다. 나는 구구절절 장문의 문자 메시지를 보냈다. 답장은 다음 날 도착했다.

'어제 친구분은 치킨 무사히 드셨나요? 제 친구들은 제가 먹을 걸 거의 안 남겨놨더라고요. 타박하다 보니 문자메시지를 늦게 확인했네요. 즐거운 모임 되셨기를 바랍니다.'

그 답장을 보면서 많은 생각이 들었다. 사실 그와 나는 일 때문에 껄끄러운 상황을 겪은 지 얼마 되지 않은 상태였다. 만약 내가 그라면 어떤 답장을 보냈을까. 답장을 보내기나 했을까. 나는 그가 괜찮은 사람이라고 생각했지만 그와 친구가 되려고 하진 않았다. 다만 그에게도 내가 괜찮은 사람으로 평가받을 수 있으면 좋겠다고 생각했다.

이런 기억도 있다. 일을 하던 중에 아무리 애를 써도 내 얼굴에 떠오르는 표정을 숨길 수가 없어서, 나만 아는 내 목소리를 감추고 싶어서 계단을 오르던 순간들. 그때 일하던 사무실은 바로 위층이 건물 옥상이었다. 계단을 올라가서 해가 쨍쨍 내리쬐는 옥상 둘레를 하염없이 걸으면서 내 그림자를 바라봤다. 그러다 다른 사람이 올라오면 스트레칭을 하는 척했다. 어깨를 돌리면서, 무릎을 굽히면서, "오늘 날씨 진짜 좋네요"라고 말하면 눈물이 말랐다.

그때 나는 신입사원이었고, 자꾸 헤매고 자주 어리둥절했다. 실수하고 후회하고 괴로워하며 최선을 다했다. 아득바득 챙겨 먹은 밥이 명치쯤에 걸린 채로 키보드를 두드릴 때면 함께 야근을 하던 옆자리의 동료가 건네는 농담 한마디가 소화제가 되어주었다. 그런 날들엔 누군가 나와 같은 순간에 한숨을 쉰다는 게 고맙게 느껴지기도 했다. 어느 건물의 주차장, 어느 건물의 비상계단, 어느 건물의 화장실…… 그곳에는 나만 있지 않았고, 그 사실만으로도 위로가 됐다.

소설을 쓰는 일도 그랬다. 망설이고 막막할 때마다 그 마음을 겪고 있을 동료들을 떠올렸다. 구체적인 고민을 나누는 가까운 사이도 있었지만 얼굴도 모르는 이들도 있었다. 그래도 우리가 같은 오늘을 살아가며 저마다의 자리에서 각자의 소설을 쓰고 있다는 사실이 분명한 힘이 되었다.

소설가가 아닌 다른 직업인으로서의 나는 요즘

'팀장'이라는 직함을 달고 있다. 그 단어를 보고 있으면 회사라는 조직의 한 단위로 이름 붙인 팀이 아니라 사회라는 거대한 공동체로서의 팀에 대해 생각하게 된다. 나는 어떤 팀에 속해 있으며, 우리 팀은 어디로 가고 있을까. 이 거대한 팀플레이에서 내 역할은 무엇일까.「팀플레이」는 그런 고민 속에서 썼다. 오직 나만을 위해서는 하지 않을 선택도 하게 되는 이유에 대해서.

이 글을 읽는 당신과 내가 더 나은 방향으로 가고 있는 한 팀이 되었으면 좋겠다. 우리의 팀플레이가 제법 합이 잘 맞기를 바란다. 더 많은 새로운 동료들과 만나고 싶어서 나는 쓰지 않는 일에 대해 쓰는 일을 한다.

좋은 사람 되는 방법

— 선우은실(문학평론가)

'좋은 사람 되기'의 욕망

타인에게 '좋은 사람'이 되고 싶은 것은 어쩌면 현대인의 근원적인 욕망이 아닐까. 물론 여기서의 '좋은 사람'의 범주는 매우 넓다. 직능이 뛰어나 특정 집단이나 사회에 이바지하는 이를 의미하기도 하고, 인간적으로 본받을 만한 점을 가지고 있는 사람을 의미하기도 하며, 동경과 존경의 대상이 되는 경우를 일컫기도 한다. 이 여러 층위는 동시적으로 획득될 수도 있지만 하나의 '좋음'의 가치를 우선하는 과정에서 다른 '좋음'을 해치기도 한다. 예컨대 직능인으로서는 훌륭해서 회사에 '좋은' 사람이지만 인간적으로는 좋아할 수 없는 경우라든지, 성격은 참 좋지만 업무를 같이 하는 입장에서 실무 처리 능력이 떨어져 '좋은 동료'가 될 수는 없다든지 하는 식이다.

중요한 것은 사회가 요구하는 어떤 종류의 '좋음'이든 현대인이 어느 정도는 '좋은 사람이 되어야 한다'는 명제를 가슴 깊이 새기고 산다는 것이다. 신자유주의적 성공 신화에 근거한 이데올로기적 메시지인 '좋은 사람＝이로운 사람＝경제적 가치 창출이 가능한 사람'이라는 명제가 교훈처럼 각인되어 결과적으로 체제에 복무하게 되든 혹은 그러한 허황된 욕망의 재생산으로부터 벗어나고자 함이든 '좋은 사람 되기'가 현대인의 숙제임은 틀림없다. 왜 그러할까? 그것은 좁게는 자신의 안녕을 기원하기 위함이고 넓게는 사회와 인류의 미래를 위한 길이기 때문이다. 그럼 인간은 '어떻게' 좋은 사람이 될 수 있나. 『팀플레이』에는 좋은 사람 되기에 대해 저마다의 바람을 지닌 이들이 등장한다. 좋은 사람 되는 방법이란 과연 어떤 식으로 존재하는지, 그들을 따라가본다.

　　서늘한 스릴러를 연상케 하는 「언니의 일」에는 성과주의 사회에서 자신의 사회적 능력 및 개인의 쓸모를 입증함으로써 '좋은 사람'이 되고자 하는 '은희'가 등장한다. 여기서 '좋은 사람 되기'는 '언니의 일'이라는 표현으로 갈음된다. 은희에게 언니의 일이란 손아래 동생들을 보살피는 일뿐만 아니라 회사에서 제대로 된 사수 노릇을 하는 것이기도 하다. 잘못 걸려온 옛 직장 후배 '다정'의 연락을 계기로 은희는 옛 직장 동료들과 식사 자리를 갖게 된다. 은희의 기억 속에서 다정은 자신의 상사이기도 했던 '오미연 차장'에게 걸핏하면 실수를 지적당하는 존재였다. 그녀는 그 시절 다정이 "오 차장의 트집과 잔소리를 받아내면서도 주눅 들지 않고 묵묵히 제 할 일을"(18쪽) 잘해낸 기특한 존재로 기억된다. 한편 옛 동료 '세진'은 예나 지금이나 구김살 없이 제 몫을 톡톡히 해내는 능력자로, 오 차장이 다정의 실수를 지적하기 시작하면 "구세주처럼" 나타나 잔소리를 저지하곤 했다. 그런 기억의 되새김질 속에서 은희는 자신이 다정을 상사의 구박으로부터 보호하고 응원

했으며, 세진으로부터는 퇴사 이후의 자신의 삶을 응원
받았다고 여기며 그들을 만나러 간다.

그러나 이 소설의 핵심은 은희의 아름다운 기억
이 자신의 출세욕을 무마하기 위해 작동시킨 방어적인
기억의 왜곡이었음이 드러나는 다음의 장면에 있다.

"고장 난 시계도 하루 두 번은 맞는다던데, 저
정말 다정 씨 때문에 힘들어죽겠어요."

오 차장에게 그렇게 말했던 게 은희 자신이었으
니까.

(……)

다정은 이제 막 인턴 생활을 시작한 초년생이니
오 차장의 잔소리가 앞으로의 사회생활에 도움이 될 수
있겠지만 자신에게는 아니었다. 게다가 오 차장 때문에
신경을 쓰느라 자신의 작업 속도가 느려지면 팀 전체가
피해를 입을 터였다. 그건 다정에게도 좋지 않은 일이
었다. 은희는 대신 여유가 생길 때마다 다정을 몰래몰
래 챙겨주었다. 그래도 너무 몰래 챙겼나? 기억도 제대
로 하지 못하는 건 좀 서운했다. (32~33쪽)

　"고장 난 시계" 운운한 것은 사실 오 차장이 아니라 은희다. 은희의 기억 속에서 자신이 그리 행동했던 까닭은 자신의 업무 효율이 곧 팀 전체의 효율과 연관되며 그런 점에서 결과적으로 다정에게도 이로울 것이기 때문이었다. 요컨대 이는 은희 자신이 아니라 '팀 전체'를 위한 것이자 다정'에게도' 좋은 일로, 좋은 팀원이자 사수가 되고자 하는 은희의 욕망과 연관돼 있다. 은희의 기이할 정도로 순수한 태도의 정체를 이제는 추측하기 어렵지 않다. 그녀가 말하는 '언니의 일'이란 자신이 누구에게나 좋은 사람이 되고자 함에 기꺼이 자신의 일부분뿐만 아니라 타인의 한 부분까지도 망가뜨릴 수 있음을 의미한다.

　　하지만 은희를 자기 욕망만을 실현하려는 나쁘고 어리석은 사람이라고 단정 짓고 말 일은 아니다. 은희가 자신과 세진, 다정이 서로에게 좋은 사람이었다고 애써 기억하고자 하는 것이 그녀의 무지 때문만은 아니기에 그렇다. 그녀 역시 효율적 업무 생산 능력을 증명해야 하는 한 명의 노동자일 뿐이라 사회생활에서 그녀 자신의 깎여나감 역시 필연적이다. 또한 애써 기억의 왜곡을 일으키고 있다는 점은 죄책감을 승화시키려는 방어적 행동으로 볼 여지를 남긴다. 은희의 '좋은 사람 되기'의 욕망 실현을 위해 훼손되는 것이 비단 타인만은 아닌 셈이다.

좋은 상사이면서 좋은 사람 되기

한편 은희와 비교해볼 수 있는 인물로 「우산의 내력」의 '희진'이 있다. 은희와 달리 희진은 인간적인 차원에서도 좋은 상사가 되고자 하는 인물이다. 희진은 곧 정규직 전환을 앞둔 인턴 '지우'에게 그야말로 빛과 소금 같은 사수다. 희진은 재계약을 앞두고 회의 준비 미흡으로 허둥대는 지우에게 위기를 해결할 방법을 일러주고, 반드시 시즌 음료를 마셔본다는 지우에게 기왕이면 먹고 싶은 걸 사주기 위해 함께 카페를 전전할 뿐만 아니라, 점심시간이 간당간당하기는 해도 지우가 원하는 초밥집에서 점심을 사준다. 그녀의 이런 호의는 "물러설 데 없는 절박한 선택지"(84쪽)가 아닌 늘 원하는 최선의 것을 지향할 수 있기를 바라는 마음에서 비롯된 것이며 그에 보답하듯 지우는 "대리님처럼" 되고 싶다는 희망을 숨기지 않는다.

희진이 업무적으로 본받을 만한 상사에 더해 인간적으로도 좋은 사수가 되기를 바란 데는 희진의 사수였던 "회사의 에이스" '양민지'의 영향이 크다. 희진은 양민지의 "이해가 안 되네"(89쪽)라는 말 때문에 말문이 턱 막히는 신입 시절을 보낸 뒤 "뛰어난 업무 능력이 반드시 후배 양성에 도움이 되는 건 아니"(88쪽)라는 사실을 알게 된다. 양민지를 거치며 희진은 훌륭한 업무 처리 능력을 가진 상사 이상의, 좋은 직장 동료이자 인간적으로도 믿음직한 선배가 되고 싶어 한다.

「언니의 일」의 은희에 비하면 희진의 욕망은 비교적 비틀린 데 없이 선해 보인다. 희진은 몇 차례의 이직을 거쳐 자신이 "어제보다 나아진 내일"(같은 쪽)을 추구하는 사람임을 깨달으며 현재에 도달했고 적어도 지우에게 그런 '미래'를 열어 보일 수 있는 이상적 선배의 모습을 갖췄다는 점에서 그 욕망을 실현한 듯 보이기까지 한다. 그러나 희진이 바라는 인간적으로도 좋은 사람이란 어떻게 해야 당도할 수 있는 것일까. 자신이 지우와 같이 일을 배우는 입장이었을 때 혹독한 사수 아래에서 밥 먹듯 야근을 해야 했던 삶은 '내일'의 희망을 꿈꾸게 하는 삶은 아니었다. 오늘의 희진을 있도록 한 과거의 자기 훼손은 원하는 미래에 도달했을 때 딱 그만큼 삭감된 자기를 바라보는 일이다.

희진은 신입 시절 미처 인지하지도 못한 채 비틀린 마음을 가져본 적이 있는 사람이다. 과거 양민지와의 식사 자리에서 회사 귀퉁이에 세워진 우산 아래에 있던 사람을 우연히 발견하는 장면이 그것을 보여준다.

그때 희진은 자신이 먹는 속도를 조절하는 이유가 저열한 호기심 때문이라는 것까지는 몰랐다. 그 사람이 계산대에서 계산하는 모습을 보고 싶어 한다는 걸, 분명 그때 어떤 곤란한 상황이 벌어지지 않을까 내심 기대하고 있다는 걸, 알지 못했다. 알았다면 얼굴을 붉히며 자리에서 일어섰을 것이다. (……) 그런 정도의 염치는 가진 사람으로 살고 싶으니까. 하지만 희진은 그때 스스로에 대해 잘 몰랐다. 자기 자신에 대해 항상 제때에 알 수 있는 것은 아니므로. (94~95쪽)

한창 업무에 시달렸던 과거 희진은 야근을 마치고 귀가하려던 길에 쏟아지는 비를 만난다. 그녀는 마침 건물 귀퉁이에 늘 놓여 있는 우산을 떠올린다. 그러나 그녀가 우산을 당기자 그 아래에 사람이 있었고 놀란 그녀는 결국 비에 젖어 집에 돌아간다. 그런데 그날 이후 양민지와 밥을 먹으러 간 식당에서 그를 다시 발견한다. 그녀는 식당에서 비싼 밥을 시켜 먹는 그의 모습을 보며 그가 곤경에 처하는 장면을 기대한다. 고작 우산 하나에 기대어 사는 사람이라면 필연적으로 이런 곳에 와서 비싼 메뉴를 그리 무던하게 시켜 먹을 수는 없을 거라는, 그러니 그가 머지않아 망신을 당할 것이라는 자신의 악의가 사실로 확인되기를 기대한다.

　　그녀는 왜 자기도 모르게 그런 악의를 드러냈는가. 그녀가 예기치 못한 비에 흠뻑 젖어 일거리를 들고 초라하게 돌아갔던 그날의 모든 분위기와 자기의 처지에 대한 울화가, 자기보다 덜 중요한 존재라 여겨지는 그에게 투영됐기 때문은 아닌가. 마치 「언니의 일」의 은희가 내심 다정을 자기보다 '덜' 중요한 존재로 희생시킨 것과 같이 말이다.

　　희진이 바라는 "좋은 사수"가 되는 길은 이러한 자기 훼손과 자기혐오의 시간을 딛고 그것을 반복하지 않고 나아가는 노력을 포괄한다. 이제 이것은 단순히 좋은 직장 선배 되기만을 의미하지 않는다. 적어도 후배가 위기에 처했을 때 떠올릴 수 있는 의지할 만한 든든한 사람으로 기억되는 종류의 '좋은 사람 되기'로 나아간다.

끝내 서로에게 좋은 사람이 되기 위해서

앞서 언급한 두 편의 소설 속 은희와 희진을 실수하는/실수했던 선배의 형상으로 묶어볼 때 그것의 연장선상에서 「팀플레이」의 '지연'을 실수하는 언니라는, 선배의 변형으로 말해볼 수 있을 것이다. 「팀플레이」에서 지연은 과연 무엇을 실수했던 것일까?

이 소설은 앞의 두 편과 달리 업무상의 관계가 주축이 아닌 애정 양상으로 구축된 관계라는 점에서 이 소설집에서 보다 특별한 위치를 점한다. 지연과 은주는 한때 서로의 마음을 조심스레 확인했던 사이다. 그런데 그런 그들의 사이가 결정적으로 틀어진 사건이 발생한다. 어렵게 K대 대학원에 자리를 잡은 지연은 어느 날 은주에게 졸업 작품을 제작하는 일에 도움을 요청한다.

지연의 지도교수 장성수를 만나야 했던 그날의 자리에서 은주는 모든 행동거지를 "장성수의 지시 혹은 허락이 있어야만 가능한 것처럼"(55쪽) 구는 지연을 보며 당혹감을 느낀다. 미묘하게 강압적 위계가 느껴지는 분위기 속에서 은주의 시나리오를 보여달라던 장성수에게 시나리오를 터무니없이 갖다 바치는 지연에게 은주는 큰 실망과 모멸감을 느낀다. 은주는 지연을 좋아하고 있었기에 그녀의 부탁을 거절하지 못할 것임을 알면서도 간 그 자리에서 지연이 은주를 굴욕의 현장에 하염없이 방치했다는 것, 그리고 끝내 은주에게 사과하지 않았다는 것을 용서하지 못한다.

화해하지 못한 채 시간이 흘러 장성수는 사망하고 지연은 졸업했으며, 은주는 인터넷신문사에서 딱히 검수가 필요하지 않은 기사를 반복적으로 쓰면서 자기혐오를 견디는 기자로 일한다. 이 무렵 지연은 은주에게 또다시 도움을 요청하는 연락을 해 온다. 은주가 일전에 작성했던 장성수 사망 및 개인전 소식을 다룬 기사를 보고 '진실'을 밝혀달라는 것이었다.

"너 기자잖아. 진실을 밝혀줘."

(······)

"언니도 지금까지 덮어뒀잖아. 근데 왜 이제 와서 밝히고 싶어졌냐고."

"잘못된 일은 잘못된 일이니까 이제라도 바로잡아야지."

"이젠 장성수한테 **도움받을 일이** 없어서 그런 건 아니고?"(66~67쪽, 강조는 인용자)

처음 장성수와의 미팅에 은주가 참석했던 것은 지연에게 좋은 사람이 되고 싶었기 때문이다. 이때 '좋은 사람'은 단지 프로젝트를 돕는 사람의 의미만이 아니라 지연이 어려운 부탁을 할 때 속수무책 그것을 수락하리라는 좋아하는 마음을 숨기지 않는, 그런 좋아함을 전달하는 사람의 의미가 포함돼 있다. 그런 그녀의 마음이 그저 '한 번의 도움'으로 지연에게 가닿은 것도 은주에게는 큰 상처지만 그 이면에는 그때 당시의 모멸을 '함께' 극복하는 관계로써 둘이 가진 서로에 대한 '좋음'이 일치하지 않았다는 것 역시 존재할 것이다.

그런데 훗날 지연이 은주에게 그 모멸의 기억을 불러일으키는 '도움'을 다시 요청할 때 은주는 의구

심을 떨칠 수 없다. 지연이 은주에게 바라는 도움이 과거 장성수에게 갈구했던 "도움받을 일"과 과연 다른가 싶기에 그렇다. 은주에게 '좋은 사람'이란 단순한 정의감이나 호혜를 베푸는 사람이 아닌, 그녀의 가장 어려운 부탁을 말하고 들어주는 '소중한 존재'가 되고 싶은 바람이 깃든 것이기에 이런 '도움'의 요청은 불쾌하기 그지없다. 하지만 한때 은주의 '좋은 사람 되기'의 결착점이 지연이었음을 고려하면 지연의 두 번째 도움 요청 앞에서 은주가 무엇을 선택할지는 속절없게도 분명하다.

　　헤드라인을 적고 은주는 잠시 망설였다. 지금부터 하려는 일은 분명 지연을 위해서는, 오직 지연만을 돕기 위해서는 아니었다. 은주 자신을 위한 일이라고도 할 수 없었다. 그저, 녹음하고 계신 건 아니냐고 묻던 A의 목소리가 잊히지 않았고, 불 꺼진 연구실에 우두커니 서 있었던 사람이 지연뿐만이 아닐 것이라는 생각이 머릿속을 떠나지 않았다. 그리고 그때마다, 장성수의 목소리가 함께 떠올랐다.
　　정의 같은 걸 믿나봐요? (71쪽)

　　은주는 이후 금일 코로나 확진 현황을 전하는
기사에 장성수의 표절을 폭로하는 '팀플레이'형 기사를
싣는다. 은주가 자인하듯 이러한 선택은 일면 지연에
대한 지난날의 애정과 완전히 무관하지 않지만 오롯이
그녀만을 위한 것은 아니다. 지연과 마찬가지로 작품을
도용당하고 착취당했지만 "추모전을 준비하는 일을 돕
고 있으며, 이후의 거취도 정해"(70쪽)진 A가 자신은 지
연과 달리 장성수를 구태여 고발할 생각이 없다고 말하
던 통화 이후 은주에게 '정의'란, 이를테면 「우산의 내
력」에서 자기 훼손을 건너온 희진이 좀 더 나은 미래를
지향하고자 했던 마음과 다르지 않다. 그것은 다소 미
묘하게 변해버렸다 할지라도 타인에 대한 애정 없이는
불가능하며, 그들에 대한 마음 씀이 결국 사회 전체의
정의正義에 기여할 것이란 믿음 역시 필요로 한다. 그리
고 이 모든 것은 자기 자신에게도 스스로가 좋은 사람
이고자 하는 욕망과 닿아 있다. 하지만 좋은 사람으로
서의 자기 자신에 대한 바람이란 늘 자신이 꿈꾸는 이
상적 상태에 미달하는 존재일 때에만 그 방향으로 나
아가기를 갈구하게 만든다. 그러니 얼마간은 불가능한
'좋은 사람 되기'의 욕망과 갈구 속에서만 우리는 좀 더

나은 인간이 될 수 있다.

*

　　모든 인간은 앞으로 누군가에게 삶에서의 선배
될 일밖에는 남지 않은 존재다. 한발 앞서 어떤 일을 겪
고 불화하고 해결한 존재로부터 후대는 지혜와 조언을
구하고자 한다. 달리 말해 하루라도 세계에 더 많이 있
어본 자의 가치란 그 시간을 어떤 식으로든 감내해냈다
는 데 있다. 이는 물론 그 시간 동안 벌어진 일에 대한
지혜로운 해결과는 무관한 일이다. 그러나 그 시간에
대한 고민이 이후 우리 자신의 시간을 뒤따라오는 이들
에게 하나의 방향성을 제시해줄 수 있다면 그것이야말
로 선배인 존재가 될 수 있는 최선의 '좋은 사람'의 형태
일 것이다.

　　누군가의 선배이자 언니로서 살아가는 나는 늘
다른 이에게 더 다정하지 못했던 것을, 더 용기 내지 못
했던 것을, 좀 더 현명하게 대처하지 못했던 것을 후회
한다. 못하고 나서 잘해줘봤자 이미 늦은 것이란 생각
과 계속 못하느니 다음번에 잘할 수 있는 기회를 가지

는 게 낫다는 생각이 항상 경합한다. 이런 괴로움 속에서 도움을 구하고자 할 때 떠올리는 이들은 언니이자 (삶의) 선배 그리고 스승이다. 이 소설로부터 그런 비슷한 고민을 먼저 해본 이의 지혜를 나누어 받았으니 이번에도 '언니'에게 한 시절의 마음을 건네받았다.

트리플 6

팀플레이
© 조우리, 2021

초판 1쇄 인쇄일 2021년 6월 17일
초판 1쇄 발행일 2021년 7월 1일

지은이 · 조우리

펴낸이 · 정은영
편집 · 안태운 김정은 정사라
마케팅 · 최금순 오세미 박지혜
　　　　김하은 김도현
제작 · 홍동근
펴낸곳 · (주)자음과모음
출판등록 · 2001년 11월 28일
　　　　제2001-000259호
주소 · 서울시 마포구 양화로6길 49
전화 · 편집부 02) 324-2347
　　　경영지원부 02) 325-6047
팩스 · 편집부 02) 324-2348
　　　경영지원부 02) 2648-1311
이메일 · munhak@jamobook.com

ISBN　978-89-544-4730-0 (04810)
　　　　978-89-544-4632-7 (세트)